Der geliehene Engel

Verena Wermuth, geboren 1956 in Dietikon, lebt heute in der Schweiz in der Nähe von Zürich. Ihr gelang mit ihrem Lebensbericht «Die verbotene Frau», über ihre Beziehung zu einem arabischen Scheich, ein internationaler Bestseller, der bisher in sieben Sprachen übersetzt wurde. Seit dem Tod ihrer Nichte im Jahre 2001 ließ «Der geliehene Engel» sie nicht mehr los.

Verena Wermuth

Der geliehene Engel

Meine viel zu kurze Zeit mit Marion

Weltbild

Besuchen Sie uns im Internet:
www.weltbild.de

Genehmigte Lizenzausgabe für Verlagsgruppe Weltbild GmbH,
Steinerne Furt, 86167 Augsburg
Copyright der Originalausgabe © 2008 by
Verena Wermuth und WOA Verlag, Zürich.
Umschlaggestaltung: Atelier Seidel – Verlagsgrafik, Teising
Umschlagmotiv: © Privatarchiv der Autorin
Gesamtherstellung: CPI Moravia Books s.r.o., Pohorelice
Printed in the EU
ISBN 978-3-8289-9611-3

2012 2011 2010 2009
Die letzte Jahreszahl gibt die aktuelle Lizenzausgabe an.

Für meine Schwester Dagi,
für Chris und Antonis

Inhalt

Vorwort	9
Der geliehene Engel	13
Albtraum	19
Das grosse Bangen	29
Das grosse Staunen	33
Das Wunder Marion	39
Der Shunt	51
Glück und Tränen	55
Quipi	67
Das Sirtaki Mädchen	75
Samichlaus	91
Tintenblaue Lippen	93
Schrecken ohne Ende	97
Demantur	121
Wut und Ohnmacht	141
Das Unfassbare	155
Wie Engel heimkehren	175
Kindertexte	179
Gespräch mit Antonis	183
Epilog	201
Briefe der Lehrerin und Kindergärtnerin	203
Erläuterungen zur Notoperation	205
Dank	207

Vorwort

In der Schweiz werden jedes Jahr etwa 100 Kinder mit Down-Syndrom geboren — etwa die Hälfte davon mit Herzfehler. Schmerz und Enttäuschung sind für die betroffenen Eltern unermesslich gross, wenn ein Kind mit einer Behinderung oder einer schweren Krankheit geboren wird. Anstatt sich vorbehaltlos über das neue Leben zu freuen, müssen sich die Eltern mit dem möglichen Tod ihres Kindes auseinandersetzen. Marion wird mit Down-Syndrom und einem schweren, inoperablen Herzfehler geboren. Obwohl sie einen beschwerlichen Weg geht, kämpft sie für ihr kurzes Leben. Damit gibt sie sich und ihren Eltern immer wieder Hoffnung.

Menschen mit Down-Syndrom gelten in unserer Gesellschaft als behindert. Doch wer einmal Kontakt mit diesen Menschen hatte, weiss, wie freundlich und umgänglich sie sind. Nicht selten halten sie durch ihr liebenswertes Wesen uns vermeintlich Nichtbehinderten auf erfrischend spielerische Weise einen Spiegel vor Augen, der über den Verlust von Eigenschaften wie Spontaneität, Direktheit, Liebenswürdigkeit, Toleranz, Ehrlichkeit und Grossmütigkeit nachdenken lässt. Mit einem Down-Syndrom geboren zu werden, ist für die betroffenen Kinder und ihre Eltern ein Schicksal, das viel Energie und Lebensmut verlangt. Zum einen müssen sie sich als Familie in einer Gesellschaft, die Behinderten nicht aufgeschlossen begegnet, neu finden. Zum anderen leiden viele dieser Kinder an Herzfehlern unterschiedlicher Schweregrade.

Der Umgang mit Behinderungen, Krankheit und Tod ist in unserer Gesellschaft institutionalisiert und aus unserem All-

tagsleben verschwunden. Viele wissen daher gar nicht mehr, wie sie Menschen mit schweren Schicksalsschlägen begegnen sollen. Die meisten von uns wählen aus ihrer persönlichen Unsicherheit heraus den Rückzug. Für Eltern von schwer kranken, behinderten oder gar verstorbenen Kindern ist dies fatal. Sie sind gezwungen, ihr Leid und ihre Verzweiflung allein zu tragen. Zum Schmerz um das Kind kommt die soziale Isolation hinzu.

Den oft irrealen Ansprüchen unserer nach Perfektion strebenden Gesellschaft zum Trotz, stehen heute viele private und öffentliche Institutionen mit sehr engagierten Helfern bereit, das Schicksal von Down-Syndrom Menschen mitzutragen. Die betroffenen Familien, in der Frühförderung oder Ausbildung engagierte Institutionen, Wohnheime, unterstützende Vereine und Gesellschaften verdienen die breit abgestützte Hilfe und Solidarität Aller. Es ist nicht nur ein Akt der Solidarität, behinderten Mitmenschen zu helfen. Es sollte eine Ehrensache des privilegierten Nichtbehinderten und Gesunden sein.

Die Geschichte von Marion gibt Kindern mit Down-Syndrom und ihren Familien ein Gesicht. Sie erzählt von einem Mädchen, das ein bisschen anders ist als andere Kinder. Marion hat viele Freunde und wird von der Familie heiss geliebt. Krank ist sie nur wegen ihres Herzfehlers. Ihre Geschichte beschreibt treffend die Belastungen, denen solch ein Kind und die Angehörigen ausgesetzt sind. Praktisch alle herzkranken Kinder müssen operiert werden. Dank der in den letzten Jahrzehnten erreichten grossen Behandlungserfolge der Kinderkardiologie und der Herzchirurgie überstehen fast alle Kinder diese Eingriffe gut. Kinder, die vor einigen Jahren noch keine Chance hatten zu überleben, werden heute erwachsen und können ein aktives Leben führen. Dadurch ist eine neue Patientengruppe entstanden, die

Anspruch auf ihre eigenen Spezialisten und eine gute Betreuung hat.

Es bleibt zu hoffen, dass weitere Fortschritte in der Medizin die Behandlungen von angeborenen Herzerkrankungen zukünftig noch weiter verbessern werden. Dennoch darf das Herz nicht nur als mechanische Pumpe betrachtet werden, sondern vielmehr als Teil menschlichen Seins, das auch einer psychischen und seelischen Betreuung bedarf.

Ärzte und viele andere im Gesundheitswesen arbeitende Personen haben bei der Betreuung von Behinderten und Kranken eine ganz besondere Rolle. Die Geschichte von Marion zeigt, dass eine rein technisch und somatisch ausgerichtete Medizin gerade in komplizierten Situationen nicht reicht, um den betroffenen Menschen wirklich umfassend zu helfen. Mitfühlen, Zuhören, Offenheit und Ehrlichkeit gegenüber den Patienten und ihren Angehörigen sind genauso wichtig wie die richtige therapeutische Massnahme zu ergreifen. Exzellent durchgeführte medizinische Eingriffe mögen Patienten oder Angehörigen unverständlich, ja vielleicht sogar falsch erscheinen, wenn sie nicht überzeugend erklärt werden.

Glücklicherweise sind Perspektiven auch von nicht fassbaren Einflüssen abhängig und können sich zum Guten entwickeln. Marion wurden gleich nach der Geburt viel kleinere Chancen eingeräumt als ihr, ärztlichem Wissen zum Trotz, das Leben dann wirklich schenkte. Ihr Beispiel zeigt, dass ärztliche Prognosen keine Absolutheit haben. Selbst bei düsteren Aussichten gibt es auch Hoffnungen, die es mutig zu nutzen gilt.

Verena Wermuth beschreibt im Buch «Der geliehene Engel» sehr lebendig auf ehrliche und liebevolle Weise die kurze aber umso bewegtere Lebensgeschichte eines Mädchens mit Down-Syndrom und Herzfehler. Eine ausgesprochen feinfühlige Lebensbeschreibung mit einer temperierten Distanz lässt dem Leser Raum für eigene Gedanken zu Leben, Krankheit und Schicksal. «Der geliehene Engel» schenkt dem Leser Einblicke in ein anderes Leben, das neben Beschwerlichem doch auch für vieles im Leben eine andere Lebenshaltung aufzeigt. Die Anregungen zum Nachdenken und Reflektieren wirken versöhnlich und hinterlassen nach dem Lesen ein positives Grundgefühl.

Prof. Dr. Urs Bauersfeld
Kinderspital Zürich

Der geliehene Engel

Du bist vor sieben Jahren gegangen, und seit jenem Freitag habe ich, abgesehen von einer Kassette, auf der du Lieder für mich singst, nie mehr deine Stimme, dein Lachen, etwas von dir gehört. Heute Morgen bin ich auf dem Friedhof lange vor deinem Grab stehen geblieben. Der schneeweisse Marmorengel, der dich Tag und Nacht beschützt, strahlte im frühen Sonnenlicht. Schelmisch lachtest du mich aus dem Foto an, das, umrahmt von weissen Rosen, auf dem Sockel steht. Weisst du noch, wie verrückt du nach Fotos warst? Kaum liess ich dich eine Minute aus den Augen, bist du nach oben in die Bibliothek geschlichen und hast mir sämtliche Regale mit den Fotoboxen auf den Kopf gestellt. Auf meinen Einwand, wir hätten doch schon tausendmal dieselben Fotos angeschaut, hast du geantwortet: «Sitz ab, Veni – da, sitz. Oh, lueg, Hund!» Voll Vergnügen hast du dem Hund auf dem Foto den Mittelfinger gezeigt und dich vor Lachen geschüttelt. Immer wieder. Bis ich deine Spaghettisauce auf dem Herd vergass und plötzlich der Geruch von Angebranntem in die Bibliothek stieg. Ja, ja, Hunde. Deinen hast du geliebt und abgeküsst, fremde höllisch gefürchtet. «Chris und ich möchten einen Hund, einen mit schwarzen Tupfen – wie der auf dem Video mit der bösen Frau», sagtest du eines Tages zu Mama. Auf die Frage, wer denn den Hund Gassi führe, gingen deine wunderschönen blauen Augen weit auf, du hast auf dich gezeigt und geantwortet: «Ich, Mama.» Natürlich wolltest du nach dem Hund auch ein Pferd – einen Isländer. Wie sollten dir Mama und Papa das Pferd abschlagen können, nachdem sie dir den Hund zugestanden hatten, und erst noch zu einem Zeitpunkt, wo du ganz plötzlich immer ruhiger, müder und appetitloser wurdest? Wo du scheinbar oft grundlos zur Toilette liefst und dich übergeben musstest.

«Gäll, Mami, ich bin än arme Siech», sagtest du immer öfter, wenn sie neben dir kniete und deine langen blonden Haare aus dem Gesicht strich. Zu einem Zeitpunkt, als du bereits elf warst, und wo jeder längst dachte: «Die Ärzte müssen sich kolossal geirrt haben bei deiner Geburt.»

In der Nacht, bevor wir Demantur, dein Pferd empfingen, hast du kein Auge zugetan. Alle paar Stunden bist du ins Zimmer von Mama und Papa gelaufen und hast gesagt: «Wann kommt Demantur?» Morgens um sieben warst du schon angezogen, hast Äpfel und Würfelzucker in deine Tasche gesteckt. Abends um halb neun war es dann endlich soweit: der Pferdetransporter aus Luxemburg traf ein. Gespannt hatten wir schon eine volle Stunde im Stall gewartet. Als Demantur wiehernd aus dem Transporter stolperte, schrakst du zusammen und liefst schnurstracks zum Stall. Von der Sattelkammer aus warfst du skeptische Blicke durchs Fenster, verfolgtest ganz genau, wie Mama den grauweiss gefleckten Isländer am Halfter über den Platz führte. Als die Hufe über den Stallboden klapperten, fingst du sogleich, zwischen der Tür hindurch spähend an, zu kommandieren. «Mama, chum da, – pass uf, oh Gott! Mis Rössli …» Als Demantur endlich in seiner Box untergebracht war, kamst du mit strahlendem Gesicht daher. Ein Gesicht, das gleichzeitig von Schmerz und Erschöpfung gezeichnet war. Nie werde ich diesen Ausdruck vergessen.

Am nächsten Morgen stürmten die Nachbarskinder voller Erwartung ins Haus. Doch Mama vertröstete Angi und Philipp auf später. Die Tür zu deinem Zimmer blieb angelehnt. Du hattest wieder mal Bauchschmerzen, wurdest von Übelkeit und Schwindel geplagt und warst sehr, sehr müde. Gleich darauf flogen draussen Schneebälle hin und her, die Kinder haben herumgetollt und gelacht, getan, als wäre nichts geschehen. Doch wer weiss, wie es wirklich aussah in ihren Herzen? Mit deinem Schalk und den unverkennbaren

Kraftausdrücken hast du sie immer wieder alle zum Lachen gebracht und um den Finger gewickelt. Insbesondere Philipp, der dich einmal heiraten wollte, wenn du gross bist.

Ja, wer hätte das je gedacht. Ein ungeheurer Schmerz für uns, als du zur Welt kamst. Du, das ersehnte Wunschkind! Hast die Ärzte in Aufruhr und Alarm versetzt, uns beinahe um den Verstand gebracht. Dabei hatte doch alles so schön angefangen. Vermutlich auf der Insel Skiathos, mitten im Ägäischen Meer.

Kaum waren deine Eltern aus den Griechenland-Ferien zurück, bestätigte sich, dass du unterwegs warst. Diese wunderbare Nachricht löste in unserer Familie einen wahren Freudentaumel aus. In ein paar Monaten würden wir ein runzliges Baby in den Armen halten können – Wow! Von dem Tag an klapperten deine Mama und Grossmutter einen Babyshop nach dem anderen ab. Die beiden benahmen sich wie Närrinnen. Sie reisten um die halbe Schweiz, von einem Geschäft zum anderen und steckten mit ihrer Vorfreude sämtliches Verkaufspersonal an. Jede freie Minute wurde dein Zimmer ausgemessen, gezeichnet und Pläne gemacht. Zartrosa musste alles sein – von der Wiege über den Wickeltisch bis hin zur Kommode, dem Schrank und einem Satinhimmel, der deine Schlafkammer in ein Märchen aus 1001 Nacht verwandelte. Auch musste unbedingt eine «Nobelkarrosse» her, eine, in der wir dich wiegen und spazieren führen konnten. Schon damals wusste Mama, dass du etwas ganz Besonderes bist. Nur das Beste war gut genug für dich. Fast hätte man meinen können, eine Prinzessin werde erwartet. Dass es ein Mädchen sein würde, das spürte deine Mama von Anfang an. Mehr noch! Sie war sich dessen ganz sicher. Auch wusste sie, dass *ich* deine Taufpatin sein würde. In diesem Fall hatte sie sich allerdings geirrt. Ich war nämlich ausgerechnet in dem Moment nicht zur Stelle, als Mama und Papa von einer Minute zur anderen entscheiden mussten, deine Taufe notfallmässig durchzuführen.

Sollten Sie mein erstes Buch nicht kennen – ich bin «Die verbotene Frau» aus dem gleichnamigen Bestseller, und die Tante von Marion Tantsiopoulos. Die Lieblingstante! Marions Mama ist meine jüngere Schwester Dagmar. Doch zuhause nennen wir sie alle Dagi. Dagi war diejenige, die mich damals auf der griechischen Insel Kreta besucht hat, als ich wegen Scheich Khalid untergetaucht war und dort als Reiseleiterin jobbte. Ich muss es kurz erzählen, denn in Griechenland hat, genau gesehen, alles seinen Anfang genommen.

Bevor meine Schwester ihre Rückreise in die Schweiz antrat, wollte ich ihr unbedingt Mykonos, die einstige Trauminsel aller Künstler und In-People, zeigen. An einem heissen Nachmittag im Juli hoben wir mit einer zweimotorigen Propellermaschine von Kreta ab. Nie hätte ich allerdings gedacht, dass ich allein wieder dorthin zurückkehren würde. Meine damals knapp achtzehnjährige Schwester hatte sich Hals über Kopf in den neun Jahre älteren Griechen Antonis verliebt. Sämtliche Warnungen vor möglicher Enttäuschung schlug meine Schwester in den Wind. Dagi war fest entschlossen, auf Mykonos zu bleiben. Ich war fassungslos. Unter Tränen der Wut drehte ich auf dem Absatz und stieg ins Taxi zum Flughafen. Wie sollte ich das bloss unserer Mutter erklären? Stets hatte ich die Verantwortung für die jüngeren Geschwister getragen. Doch an diesem Tag hatte ich versagt, völlig versagt mit meiner Aufgabe. Gottseidank wendete sich aber alles zum Guten. Aus Amors Pfeil wurde Liebe. Am 4. Mai 1983 klangen die Hochzeitsglocken in Thessaloniki und fünf Jahre darauf folgte Marion. Marion, das Wunschkind, nach dem sich Antonis so sehr gesehnt hatte. Am liebsten hätte er nämlich gleich in der Hochzeitsnacht schon angefangen mit der Familienplanung. Antonis war ein Mann mit Prinzipien und Traditionsbewusstsein. Doch Dagi fühlte sich zu jung dazu. Erst wollte sie ihre Ausbildung als Zahnarztgehilfin abschliessen und hinterher ein paar «Jährchen» die junge Ehe geniessen. Für einen Griechen absolut unverständlich. Da, wo er herkam, bedeuteten Kinder den ganzen Stolz eines Mannes und seiner Familie. Doch meine Schwester blieb unnachgiebig und Antonis Liebe zu ihr war mit fast grenzenloser Ausdauer und Geduld gesegnet. Er wusste; eines Tages würde auch Dagis Babywunsch so gross und ihr beider Glück vollkommen sein.

*

Nun also war das Babyzimmer eingerichtet und Dagi im siebten Monat schwanger. Fast nichts trübte in diesen Monaten das Glück. Bloss zu Anfang gab es einen kleinen Disput mit Antonis, der das Baby, gemäss griechischer Tradition, unbedingt nach der Grossmutter taufen wollte: MARIA.

Mit viel Geduld und Diplomatie erreichte man letztendlich einen Kompromiss: Antonis gehörten die ersten vier Buchstaben, Dagi fügte zwei hinzu. Daraus wurde: MARION.

Bisher war die Schwangerschaft normal verlaufen. Regelmässige Kontrollen beim Gynäkologen, Ultraschall, Herztöne, alles okay. Bloss als Dagi im dritten Monat vermeinte, weder Herztöne noch Bewegungen von dem Kind zu spüren und deshalb ihren Arzt aufsuchte, beruhigte sie dieser. Alles sei in bester Ordnung, das Ungeborene sei eben noch sehr klein. Tatsächlich bemerkte man bei meiner Schwester bis zum siebten Monat die Schwangerschaft kaum. Doch plötzlich schwollen ihre Hände und Beine beängstigend an. Fast gleichzeitig machten sich «wilde Wehen» bemerkbar. Ich bugsierte meine Schwester sofort ins Auto und fuhr sie zum Gynäkologen. Der Arzt diagnostizierte eine Schwangerschaftsvergiftung, genauer gesagt, Eiweiss im Urin, erhöhter Blutdruck und Wasser im Körper. Sofort wurde meine Schwester ins Spital Limmattal eingewiesen, wo sie unter strikter Einhaltung der Bettruhe unter Beobachtung stand. Nach zwei Wochen war die Gefahr einer wahrscheinlichen

Frühgeburt gebannt und Dagi konnte wieder nach Hause gehen. Kein Arzt hatte bis zu dem Zeitpunkt den Mut gehabt, irgendetwas anzudeuten. Auch im Spital Limmattal wurde geschwiegen. Heute frage ich mich: Wie konnte der Gynäkologe sieben, ja gar neun Monate lang den schweren Herzfehler, die Trisomie einundzwanzig (Down-Syndrom) des Ungeborenen übersehen? Hatte er möglicherweise absichtlich geschwiegen? Wenn ja, weshalb? Was gab ihm bloss das Recht, eigenmächtig über das Schicksal der werdenden Mutter zu entscheiden? Dagis ehemaliger Gynäkologe ist inzwischen verstorben – sie kann ihn nicht mehr fragen.

Albtraum

4. April 1989, Marions Geburt

Morgens um fünf Uhr machte sich Marion bemerkbar. «Endlich geht's los», dachte Dagi. Der Tag würde jedoch zu einem der längsten ihres Lebens werden. Denn Marion hatte es keineswegs eilig. Während sich Dagi die Zeit mit Spazieren und Kaffeetrinken vertrieb, kam Antonis immer wieder auf einen Sprung im Spital Limmattal vorbei. Er war völlig aufgeregt und zappelig. Auch für uns zu Hause war die Spannung kaum noch auszuhalten. Jedesmal, wenn Dagi anrief, sprangen wir vergeblich auf, jedesmal hiess es: «Marion lässt noch auf sich warten.» Mama empfahl ihr nun, sämtliche Korridore und Treppen abzulaufen, damit das Baby endlich käme. Und prompt ging es los. Schlagartig und vehement setzten die Wehen ein, während Dagi irgendein Treppenhaus hochstieg. Sie klammerte sich am Geländer fest und stöhnte. Um 17.30 Uhr brachte man sie in Windeseile zum Gebärsaal. Das Ziehen im Rücken war kaum noch auszuhalten. Aber lieber, als auch nur einen Laut von sich zu geben, biss meine Schwester die Zähne zusammen. Schon von klein auf war sie so gewesen. Plötzlich ging alles sehr schnell. Schlag auf Schlag folgten die Presswehen. Um 20.40 Uhr erblickte unsere Kleine das Licht der Welt. Es war eine vergleichsweise leichte Geburt, denn das Baby wog lediglich 2600 Gramm und war 45 Zentimeter gross.

Anstatt dass der glückliche, etwas abgekämpfte Antonis seine Marion nun baden durfte, wurde das Baby sofort zur Seite genommen und beatmet. Dagi war zu erschöpft, um etwas mitzukriegen. Dass nebst der Hebamme noch eine Ärztin bei der Geburt anwesend war, fiel ihr erst gar nicht auf. Während den etwa zwanzig bis dreissig Minuten, in denen

Marion beatmet wurde, sass Antonis wie betäubt an ihrer Seite und hielt ihr die Hand. Mit pochendem Herzen beobachtete er das Geschehen und spürte die leise Unruhe, die im Gebärsaal herrschte. Endlich winkte ihn die Hebamme hinzu. Antonis durfte jetzt seine Marion baden. Doch gleich darauf lief er mit besorgtem Gesicht zu Dagi, schüttelte den Kopf und sagte: «Da stimmt etwas nicht, das Baby ist ganz blau».

Kaum gesagt, trat ein griechischer Arzt ein, der offenbar herbeigerufen wurde und bat Antonis um ein Gespräch.

Zu Hause warteten Mama und ich schon den ganzen Abend lang gespannt auf den erlösenden Anruf aus dem Spital. Zur Feier des Tages hatten wir die beste Flasche aus dem Keller geholt – neben uns, in Griffnähe, das Telefon. Endlich klingelte es! Meine Mutter riss den Hörer an sich: «Dagi, ist alles okay, seid ihr beide wohlauf?»

Auf einmal wurde sie ganz still. Ich hörte, wie sie sagte: «Bitte weine nicht …, sei tapfer und warte den Arztbericht ab, du wirst schon sehen, es wird sich alles klären.»

In diesem monotonen Ton sprach und sprach sie fortwährend auf meine Schwester ein. Nachdem sie aufgelegt hatte, brach sie in Tränen aus. Ich wollte sofort wissen, was los war, aber Mama konnte kaum mehr sprechen und sagte nur, dass mit dem Baby etwas nicht in Ordnung wäre; es sei ganz blau und müsse seit der Entbindung beatmet werden. Auch wäre ein Arzt gekommen und hätte Antonis um ein Gespräch unter vier Augen gebeten. Ich spürte einen Kloss im Hals und schluckte leer. «Lass uns nicht ans Schlimmste denken», versuchte ich Mama zu besänftigen und zwang mich zur Ruhe. Doch mein Kopf wollte keine Sekunde aufhören zu denken. Ein Schreckensgedanke brachte den nächsten hervor, unentwegt – wie Welle auf Welle im Meer. Ich griff zum Hörer und wählte Antonis Nummer. Keine Antwort.

Im Gebärsaal lag meine Schwester seit einer vollen Stunde da und hatte keine Ahnung, was los war. Antonis und der griechische Arzt waren nicht wieder zurückgekehrt. Vom Lachgas und den Beruhigungsspritzen war Dagi auch viel zu benommen, um sich Gedanken zu machen. Während Marion weiter untersucht wurde, schielte sie immer wieder sehnsüchtig zu ihrem Baby, das sie so gerne an sich drücken wollte. Keine Minute kam ihr in den Sinn, dass es um Leben und Tod ging. Endlich kam ihr Mann zurück, tränenüberströmt. Er trat zu ihr und stammelte verzweifelt: «Wir haben ein Down-Syndrom Kind.»

Aber Dagi wollte nichts davon wissen, wollte es partout nicht wahrhaben. «Das kann nicht sein», wiederholte sie immer wieder. Und als man ihr endlich, endlich die in weisses Tuch gehüllte Marion in die Arme legte, glaubte sie es erst recht nicht. Das Baby war ja so süss mit seinem runden Köpfchen, dem feinen blonden Flaum, das Gesichtchen makellos schön. «Die spinnen doch alle», dachte sie nur und war glücklich, ihr Baby im Arm zu halten. Das Glück sollte aber nicht von langer Dauer sein. Die diensthabende Ärztin teilte Dagi mit, dass Marion umgehend ins Kinderspital zu genaueren Untersuchungen überführt werden müsse. Ein Helikopter sei bereits unterwegs. Hierauf verliessen alle den Raum, auch Antonis.

Inzwischen hatte ich von zu Hause aus mehrmals versucht, ihn zu erreichen. Vergeblich. Es herrschte völlige Funkstille im Spital. Diese Ungewissheit und das Warten waren beängstigend. Plötzlich klingelte das Telefon. Wir schraken zusammen. Sofort nahm meine Mutter, die sich inzwischen gefasst hatte, ab. Mein Herz pochte bis zum Hals, als sie kreidebleich und schockiert am Hörer lauschte.

«Das ist ganz bestimmt ein Irrtum, Schatz, du wirst sehen, bald wird sich alles klären.»

So redete Mama die ganze Zeit beruhigend auf meine Schwester ein. Doch als sie die Tränen nicht mehr zurückhalten konnte, begriff ich jäh, dass etwas ganz Schreckliches passiert sein musste. Als Mama auflegte, brachte sie gerade noch knapp über die Lippen: «Wir haben ein Down-Syndrom Baby.»

Dann brachen wir beide in Tränen aus.

Kaum hatte Dagi eingehängt, betrat eine hünenhafte, burschikose Frau den Raum, die vom Kinderspital eingeflogene Ärztin. Sofort führte sie einige Reflektions- und Muskeltests mit Marion durch.

«Hm, schlaffer Tonus – Sie wurden ja schon informiert …»

Dagi verneinte.

«Nun, Sie haben ein Down-Syndrom Kind, und es besteht Verdacht auf einen Herzfehler, wie das bei fast der Hälfte dieser Kinder vorkommt. Morgen um zehn Uhr können Sie uns anrufen.»

Gleich darauf wurde Marion in eine Isolette gebettet und ins Kinderspital geflogen.

Dagi war nur noch erschlagen und harrte der Dinge, die kommen würden.

Inzwischen war es bereits Mitternacht. Noch immer lag meine Schwester mutterseelenallein im Gebärsaal, auf dem Nachttisch das Telefon und ein Glas Tee. Langsam dämmerte ihr, dass alles kein böser Traum war, sondern bittere Realität. Erst rief sie Antonis an, der sein Elend, wie vermutet, bei «den Griechen» mit Ouzo ertränkte und zu keinem klaren Gedanken mehr fähig war. Dann rief sie erneut bei uns zu Hause an. Mama und Dagi heulten zusammen die ganze Nacht. Mir brach das Herz. Doch ich wusste, dass Dagi jetzt niemandes Anwesenheit aus der Familie ertragen hätte – auch nicht meine.

Weshalb man sie nicht wie üblich auf ihr Zimmer brachte, darüber konnte Dagi nur rätseln. Entweder wurde sie schlicht vergessen im Gebärsaal, oder man wollte ihr den Anblick der glücklichen Mütter im Mehrbettzimmer ersparen – oder umgekehrt. Auf diese Art der Schonung hätte sie allerdings verzichten können. Sie tat die ganze Nacht kein Auge zu. Noch nie hatte sie sich so einsam und in ihrem tiefen Schmerz allein gelassen gefühlt.

Um sechs Uhr früh wurde sie von einer Krankenschwester entdeckt: «Um Gottes Willen, Sie sind immer noch hier?», stiess sie hervor und beeilte sich, meine Schwester auf die Station zu bringen, wo sie ihr Bett hatte. Dagi aber ging schnurstracks zum Schrank und packte ihre Sachen. Die Schwester stand mit offenem Mund da.

«Ich bin hierher gekommen, um mein Kind zu gebären. Ich habe kein Kind in diesem Spital, also bleibe ich keine Minute länger», sagte Dagi entschlossen. Ihr Blick war völlig versteinert, sie stand noch unter Schock.

«Aber Sie können doch nicht … das geht nicht … Sie wurden soeben erst entbunden!», stotterte die Schwester.

Auch der herbeigerufene Arzt konnte Dagi nicht umstimmen. Nach längerer Kontroverse musste sie eine Erklärung unterzeichnen, in der sie die volle Verantwortung für ihr Tun übernahm und war somit entlassen.

Zur selben Zeit besetzten meine Mutter und ich abwechselnd das Badezimmer. Wir wollten nun so rasch als möglich ins Spital fahren. Kurz vor acht Uhr standen wir nervös und mit gemischten Gefühlen vor Dagis Zimmertür. Leise drückte ich die Klinke hinunter und schob Mama voraus. Drei überraschte Augenpaare sahen auf. Mama und ich blickten uns fragend um, als wir das unberührte vierte Bett sahen.

«Sorry, wir dachten, dass Frau Tantsiopoulos in diesem Zimmer untergebracht ist?»

Ratlos blickten sich die jungen Mütter an, als eine Schwester eintrat und zu Hilfe kam.

«Guten Tag Schwester, ich bin die Mutter von Frau Tantsiopoulos – wie geht es ihr? Und wo ist meine Tochter überhaupt?»

Die Schwester schluckte leer und antwortete: «Es tut mir leid, Ihnen mitzuteilen, dass Ihre Tochter das Spital vor ungefähr einer Stunde verlassen hat. Wir haben mit allen Mitteln versucht, sie zur Vernunft zu bringen, doch denke ich, dass sie so schnell wie möglich zu ihrem Baby wollte.»

Wir sahen uns entsetzt an. Mama wollte in Panik ausbrechen.

«Sie hat uns aus Rücksicht nicht wecken wollen», versuchte ich zu bagatellisieren. «Lass uns ins Kinderspital fahren!»

«Ja und wo ist denn ihr Mann», stiess Mama hervor, «hat er meine Tochter abgeholt?»

Die Schwester zuckte bloss die Schultern.

«Ich halte das nicht aus, wenn Dagi etwas passiert ist!», schluchzte sie, während wir zum Aufzug liefen.

Auch mir war schlecht vor Angst, aber jemand musste ja schliesslich die Nerven behalten. In unserer Familie war das leider meistens ich. Dafür sass der Schock bei mir umso tiefer, wenn längst alle wieder lachten.

Als wir den Lift verliessen, wählte ich nacheinander Dagis und Antonis' Handynummer. Keine Antwort. Wir eilten zum Wagen. Kaum eingestiegen, meldete sich mein Schwager zurück.

«Ja, wir sind bei Marion …, nein, es geht ihr nicht gut …, nein …, ja, ich muss wieder zurück – die Ärzte warten …, nein … ja, ihr bleibt besser zu Hause, wir kommen bald heim.»

*

Nebst der Ärztin, die Marion in der Nacht vom Limmattalspital abgeholt hatte, wurden Dagi und Antonis nun von zwei weiteren Ärzten des Kinderspitals empfangen. Gleich würden die schlimmsten Befürchtungen wahr. Diagnose: Schwerer Herzfehler! Die Ärzte erklärten, es müssten noch eingehendere Untersuche vorgenommen werden und

Marion bis auf weiteres hospitalisiert bleiben. Dann endlich führte man die Eltern in die Neonatologie, einer Station, die sich mit den speziellen Problemen und der Behandlung von Frühgeborenen und kranken Neugeborenen befasst. Der Saal war durch eine Glasscheibe abgetrennt, hinter der die Kinder – zum Teil im Brutkasten, zum Teil in Bettchen lagen. Überall piepsten Apparate und flimmerten Bildschirme. Als die beiden ihre Marion erblickten, war es erst einmal ein Riesenschreck. Da lag die Kleine mit einer Sonde in der Nase, Infusion am Füsschen und einem Sauerstoffsensor an den Zehen. Nur schon der Anblick schmerzte. Als Dagi ihr geliebtes Kind in die Arme nehmen durfte, durchströmte sie bittersüsses Mutterglück. Marion war fein, so ebenmässig schön, konnte es denn tatsächlich sein, dass diese Prinzessin krank war, schwer krank? Und warum sie, ausgerechnet sie, unter Tausenden von gesunden Babys? Seit Antonis vom Down-Syndrom seiner Tochter wusste, stand er unter Schock und sprach kein Wort mehr.

Derweil breitete sich zu Hause eine bleierne Schwere über uns aus. Mama starrte ins Leere und ich blickte zum Fenster hinaus, wartete, bis der Wagen mit Dagi und Antonis vorfuhr. Damals wohnten wir in derselben Siedlung, im Haus nebenan.

Als die beiden endlich eintrafen – ohne Baby – gingen sie wie zwei Fremde nebeneinander her und verschwanden in der Wohnung. Mama und ich folgten ihnen kurz darauf. Wir fanden sie in bedenklichem Zustand vor. Dagi lag völlig traumatisiert auf dem Sofa, kaum ansprechbar, während Antonis seinen Schmerz mit einer Whiskyflasche – zwischen Sofa und Salontisch am Boden hockend – zu betäuben suchte. Beide hatten verweinte, gerötete Augen. Mama und ich mussten uns zusammenreissen. Vergebens suchten wir nach angemessenen Worten, nach Trost und Zuspruch, was weiss ich! Doch die unbeschreibliche Trauer, die den Raum erfüllte, war durch nichts zu mildern. Wir zerflossen alle in Tränen. Sämtliche Hoffnungen und Träume waren über Nacht zerstört worden. Schlimmer noch, unser so ersehntes Kind war todkrank – unheilbar krank!

Wer sagt: «So ist das Leben», der weiss nicht, wie unendlich weh so etwas tut.

Am nächsten Tag bat der griechische Arzt Antonis zu einem Gespräch ins Limmattalspital. Dabei hatte mein Schwager keine Ahnung, was hinter der Absicht des griechischen Landsmannes steckte. Der Doktor packte den jungen Vater kurzerhand in seinen Wagen und sagte: «Wir fahren jetzt zu mir nach Hause, ich möchte dir was zeigen, Antonis.»

Beim Betreten des Wohnzimmers sah Antonis direkt in das Gesicht eines ungefähr achtjährigen Down-Syndrom Jungen, der am Tisch sass und ihm zulächelte. Mein Schwager senkte verbittert den Kopf. Dabei wollte ihm der Arzt bloss sagen: «Ich weiss, wovon ich spreche, wenn ich dir Mut mache, dein Kind anzunehmen.»

Anstatt das Momentum zu erfassen und zu verstehen, wie liebenswert und clever der Sprössling war, welch grosse Herausforderung und zugleich wunderschöne Aufgabe auf ihn wartete, kam Antonis völlig verstört wieder nach Hause.

Von diesem Tag an ging er weder zur Arbeit, auf die Strasse, noch ins Kinderspital. Mein Schwager drohte am Kummer zu zerbrechen und bereitete uns allen grosse Sorge. Noch am selben Abend brachte er unter Tränen hervor, er hätte Angst, seinen Nachbarn zu begegnen und gestehen zu müssen, dass er ein Down-Syndrom Kind habe. In Griechenland wäre dies gewissermassen eine Schande, dort würde man solch ein Kind in einem Heim unterbringen. Nicht zuletzt befürchtete er, sein Gesicht vor Freunden und Bekannten zu verlieren, wenn nicht gar von ihnen ausgeschlossen zu werden. Wir waren entsetzt und erschüttert zugleich. Es musste sofort etwas geschehen. Ich durfte nicht zulassen, dass Antonis am Ende gar meine Schwester noch negativ beeinflussen würde. Sie, die ohnehin völlig teilnahmslos und apathisch auf dem

Sofa lag und schwieg. Für mich war klar, ich musste schnellstens zu Marion mit ihr, um sie darin zu bestärken, wie wundervoll ihr Kind war und sie zusehen solle, es möglichst bald nach Hause nehmen zu können. Nie hätte ich damals gedacht, dass Antonis eines Tages am Kummer zerbräche, weil seine Marion nicht mehr da ist.

So fuhren wir am dritten Tag nach der Geburt gemeinsam ins Kinderspital Zürich. Als Dagi mir ihr Baby hinter der Glastrennwand zeigte, war ich ehrlich überrascht. Es bedurfte keinerlei gespielter Freude. Die Kleine sah so zuckersüss aus, und wenn man es nicht wusste, waren die mongoloiden Züge nicht einmal erkennbar. Ich strahlte übers ganze Gesicht und Dagi mit mir. Auf der Rückfahrt gerieten wir vor Freude und überschwänglichen Gefühlen völlig aus dem Häuschen. Ich denke, dies war der Moment, als meine Schwester ihr Schicksal annahm.

Allerdings lag unser Schätzchen ja immer noch im Kinderspital und musste unendlich viele Untersuche über sich ergehen lassen. Das Down-Syndrom mit Herzfehler war zwar bestätigt. Aber was sonst noch stimmte nicht bei Marion? Zwei weitere schlaflose Nächte, dann würden wir es von den Ärzten erfahren.

Als Mama und Dagi tags zuvor im Spital waren, eben im Begriff, dieses zu verlassen, rannte ihnen eine Schwester nach und übergab Dagi ein paar Flaschen. Sie solle damit in die «Milchküche» gehen, und dort die Muttermilch abpumpen. Wortlos warf sie die Flaschen in den nächsten Papierkorb. Mama konnte das im Moment gar nicht verstehen. Hatte ihre Tochter das Baby etwa aufgegeben, bevor es zu Hause war? Sie war verwirrt.

Heute war Lilian, die mittlere Schwester, an der Reihe mit dem Spitalbesuch. Als Kind war sie stets die Mutigste gewesen, kletterte auf die höchsten Bäume und spielte vorzugsweise mit Jungs. Doch was nun passiert war in unserer Familie, vermochte sie kaum zu verkraften. Auch hatte sie mächtig Respekt vor Krankenhäusern, Ärzten und Blut.

Nun stand sie also mit ihrem Freund Andy hinter der Glastrennwand und wartete darauf, dass Dagi die Kleine zum Vorschein brachte. Stattdessen kam aber überraschend Antonis aus der Neonatologie herbeigeeilt und keuchte: «Lili, Andy, wir brauchen euch beide als Taufpaten – sofort. Die Pflegerin hat uns eben mitgeteilt, dass ein Pfarrer im Haus ist und dies vielleicht die letzte Gelegenheit ist, Marion taufen zu lassen. Seid ihr einverstanden?»

Lili und Andy sahen einander bestürzt an und nickten nur. Dann folgten sie Dagi und Antonis durch die Spitalgänge, als wären sie zu menschlichen Maschinen geworden. Bald darauf befanden sie sich in einem nüchternen Raum, der normalerweise als Besucherzimmer diente. In dessen Mitte stand ein Tisch, darauf ein paar Blumen und eine Kerze. Das Prozedere entsprach ganz dem trostlosen Umfeld: Der Geistliche sprach einige teilnahmslose Worte, dann segnete und taufte er Marion. Lili musste wegschauen, sonst wäre sie in Ohnmacht gefallen. Die Sonde in Marions Nase tat ihr nicht nur weh, sondern liess auch noch Übelkeit aufkommen. Die Zeremonie dauerte kaum länger als zehn Minuten. Danach konnten sich Lili und Andy nur noch traurig von den beiden verabschieden. Auf dem Weg in die Neonatologie kam Dagi schon wieder eine Schwester entgegen, die sagte: «Frau Tantsiopoulos, wenn Sie Milchausschuss haben, können Sie diesen abpumpen und Marion durch die Sonde einflössen.»

Sie war aber dazu schlicht nicht fähig. Meine Schwester funktionierte nur noch, so wie es eben Menschen unter posttraumatischem Stress tun. Und überhaupt, wie konnte man sie in diesem dramatischen Moment derart unsinnige Dinge fragen?

Das grosse Bangen

Der Tag der grossen medizinischen Besprechung hatte begonnen. Ziemlich entmutigt fuhren Dagi und Antonis, begleitet von Mama, ins Kinderspital. Empfangen wurden sie vom leitenden Chefkardiologen sowie einem weiteren Herzspezialisten – den Ärzten, die Dagi den ultimativen Schock des Lebens verpasst hatten.

«Sie wissen, dass Sie ein Down-Syndrom Kind haben …», begann der Chefkardiologe.

Dann fuhr er mit Erklärungen über Marions Herzfehler fort, den er mit viel Ausdauer und Geduld anhand von Bildern zu erläutern versuchte. Dagi schwirrte der Kopf. Was man ihr aber auf die Frage antwortete, was sie vom Leben ihres Kindes erwarten könne, verstand sie sehr wohl: Marions Herzfehler sei inoperabel – ja schlimmer noch! Die maximale Lebenserwartung betrage aufgrund der Funktionsuntüchtigkeit ihres Herzens kaum mehr als vier bis sieben Wochen.

Mama und meine Schwester waren fassungslos. Erst nach und nach begriffen sie, dass Marions Tage gezählt, dem Baby und der Familie damit der Leidensweg verkürzt würde. Antonis blieb die ganze Zeit über stumm. Mit hängendem Kopf verliess er das Spital und betäubte seinen Schmerz wieder mit Whisky.

Von nun an verbrachte Dagi jede Minute am Bettchen ihrer Marion. Sie machte sämtliche Ärzte und das Pflegepersonal verrückt, hätte am liebsten in der Neonatologie übernachtet. Doch das ging natürlich nicht. Zu Hause traf sie jedesmal auf einen Ehemann, der desillusioniert ins Leere oder den TV-Bildschirm starrte. Antonis bereitete uns nach wie vor und in jeder Hinsicht Sorgen. Was diesen Punkt betraf, taten wir alles menschenmögliche, um jeden Tag in der Nähe unserer Lieben zu sein. Manchmal kochten wir etwas für sie, in der Hoffnung, sie würden eine Kleinigkeit essen.

Doch war die Stimmung derart bedrückend, dass keiner seinen Teller anrührte. Meistens fanden wir dann auch keine tröstenden Worte mehr. Heute frage ich mich, woher wir all die Kraft genommen hatten.

Jeden Tag fuhren wir zu Marion, und jeden Tag sahen wir neue Einstiche am ganzen Körperchen. Dies tat unglaublich weh. Wir waren überzeugt, dass das aufhören musste und dass Marion bei uns zuhause besser aufgehoben sei.

«Wenn die Kleine schon gehen muss», so dachte Dagi, «dann soll sie wenigstens in ihrem liebevoll hergerichteten Bettchen, in den Armen ihrer Mami, die Äuglein schliessen dürfen.»

Als für Dagi feststand, dass Marion keinen Tag so weiter leiden durfte, ging der Kampf zwischen ihr und den Ärzten los. Fast hatte man den Eindruck, dass es um ein Kräftemessen ging. Schliesslich gab der Chefkardiologe klein bei, aber nur unter der Bedingung, dass Dagi das Sondieren lernte und es beherrschte. Schweren Herzens, aber mit unglaublicher Kraft, begann meine Schwester mit der Pflegerin zu üben. Oft verfolgte Mama dies mit Tränen in den Augen durch die Trennscheibe mit. Das Sondieren war gar nicht so einfach. Die Magensonde musste nach der Bestimmung der korrekten Länge durch die Nase in die Speiseröhre und den Magen geschoben werden. Jedesmal wenn Dagi übte, weinte sie innerlich vor Schmerz, weil sie ihr Kleines so plagen musste. Dabei galt es aufzupassen, dass die Sonde nicht in die Luftröhre gelangte. Tag für Tag übte sie, bis es schliesslich klappte.

Austritt aus dem Kinderspital, 5. Mai 1989

Der Tag, an dem wir Marion nachhause nehmen durften, war zugleich der glücklichste und einer der traurigsten unseres Lebens. Vollbepackt mit Sonden und Medikamenten – einem halben Labor, verliessen wir das Kinderspital

Zürich. Endlich durfte Dagi ihr todkrankes Kleines in sein rosa Himmelbettchen legen. Dies war ein unglaublich emotionaler Moment. Zutiefst berührt standen wir alle um das Bettchen und betrachteten die kleine Marion, die fast darin versank. Einerseits waren wir ergriffen von der Tapferkeit und Willensstärke meiner Schwester, andererseits schmerzte die traurige Erkenntnis: Dies war die Endstation – die viel zu frühe Endstation eines jungen Lebens. Marion war jetzt genau vier Wochen alt, es blieb uns nicht mehr viel Zeit.

Zwei Tage darauf warf Dagi Marions Magensonden weg und entsorgte auch die Spritzen. Sie brachte es einfach nicht länger übers Herz, ihr Kindchen auf diese Weise zu ernähren. Lieber wollte sie probieren, Marion tröpfchenweise Milch einzuflössen – und wenn sie dabei rund um die Uhr «schöppeln» musste.

Damit begann der tägliche Kampf ums Überleben.

Selbst wenn dieses Haus von tiefer Depression überschattet war, so glänzten Dagis Augen immer wieder vielsagend. Marion bekam alle halbe Stunde ein paar Tropfen Nahrung, soviel wie das schwache Baby eben zu saugen vermochte. Und das vierundzwanzig Stunden am Tag. Dagi und Mama wechselten sich dabei schichtweise ab. Und es funktionierte! Marion nahm täglich zwei bis drei Gramm zu. Was uns umso mehr beflügelte, ihr regelrechte Kalorienbomben von Schoppen zuzuführen. Je nach Konsistenz der Flüssigkeit – Schokolade, Bananenmilch oder Gemüsesaft – wurde ein kleineres oder grösseres Loch in das Mundstück geschnitten und Marion in Minidosen verabreicht. Dagi kaufte ein rosafarbenes Bettsofa, das zum Kinderzimmer passte und schlief die paar wenigen Stunden dort. Meistens lag sie aber wach, streckte ihre Hände durch die Gitterstäbe und streichelte ihr schlafendes Kind. Fand Marion jedoch keine Ruhe, weil sie an Sauerstoffmangel litt, verfrachtete man sie kurzerhand in den Kinderwagen und unternahm – egal um welche Zeit – ausgedehnte Spaziergänge, bis ihr die Äuglein zufielen. Die frische

Luft und das Wiegen beruhigten Marion so lange, bis es Zeit war für den nächsten Schoppen. Oft fuhren Mama und meine Schwester bei Nacht und Nebel aus der Garage, um irgendwo in der Gegend herumzukurven. Marion liebte das besonders.

*

Antonis hatte seine Arbeit inzwischen wieder aufgenommen. Er erlebte viel Positives von Freunden und Nachbarn, die Marion nun endlich sehen wollten. Dabei dachte niemand an das kurze Leben des Babys und dass dieses jeden Moment erlöschen konnte. Alle taten, als wäre nichts Besonderes und freuten sich. Vielleicht lag es auch daran, dass sich die Prognose der Ärzte nicht bestätigt hatte. Sieben Wochen waren längst überschritten. Womit uns die Kleine ihr erstes Schnippchen geschlagen hatte! Sie spürte wohl die ungeheure Kraft der Liebe, die ihr zuteil wurde, was sich in einem erstaunlichen Lebenswillen reflektierte, der zugleich ihrem Charakter entsprach. Ein Attribut, das sie zweifelsohne von ihrer Mami geerbt hatte.

Erfreulicherweise begriff Marion sehr schnell und machte gut mit beim Trinken. Allerdings musste jedes Gramm Gewichtszunahme hart erkämpft werden. Aber sie nahm stetig zu – ein Rätsel für die Ärzte, ein riesiges Erfolgserlebnis für uns. Trotzdem war die Angst ein ständiger Begleiter. Wenn es dem Baby schlecht ging, es blau anlief und dunkle Augenringe bekam, brachen wir fast in Panik aus. Meistens schickte uns Dagi dann weg, nach Hause. Sie wollte ganz allein und Eins sein mit ihrem Kindchen. Antonis traf ich nie im rosa Zimmer an. Ich glaube, er hatte von Anfang an abgeschlossen und wollte die «Sterbebegleitung» Dagi überlassen. Wie enttäuscht wir von ihm waren, braucht wohl nicht erwähnt zu werden. Für uns jedenfalls war die Welt in Ordnung, wenn Marion einige Tropfen trank und zufrieden war. Kurz, unser ganzes Leben richtete sich nach ihr.

Das grosse Staunen

2 ½ Monate alt

Bei den Kontrollen im Kinderspital herrschte beim Personal ein Gemisch aus Be- und Verwunderung, gleichzeitig ein wenig Beschämung darüber, dass die Prognose der Ärzte nicht zutraf. Dagi schmunzelte bloss in sich hinein und dachte: «Euch werd ich's allen zeigen!» Paradoxerweise wurde in einem Arztbericht vom 20. Juni 1989, als Marion zweieinhalb Monate alt war, folgendes festgehalten:

Beurteilung: Wir haben den Eindruck erhalten, dass sich die Mutter sehr gut um ihr Kind kümmert, dass sie aber nach wie vor kategorisch keine lebensverlängernden Massnahmen wünscht. Da es sich ja ohnehin um ein inoperables Vitium handelt, muss das primäre therapeutische Ziel eine möglichst gute Lebensqualität des Kindes sein. In diesem Sinne ist der Entscheid der Mutter, auf die Sondierung zu verzichten, zu respektieren, auch wenn das Kind im Moment sicher nicht die adäquate Kalorienmenge erhält.(!)

Dabei war es eine klar ersichtliche Tatsache, dass genau diese «nichtlebensverlängernden Massnahmen», bestehend aus unendlicher Mutterliebe und -Instinkt, Marions Leben um Wochen verlängert hatte. Und dies war erst der Anfang!

Alle vierzehn Tage musste Dagi nun zum Kinderarzt nach Wettswil fahren. Weitere Kontrollen im Kinderspital folgten im Alter von vier, dann mit sechs Monaten. Und jedesmal hiess es: «Mein Gott, Frau Tantsiopoulos, Sie kommen immer noch – das hätten wir nie gedacht.» Da wusste meine Schwester: «Jetzt ist die Kleine über das Gröbste hinweg.» Die Schoppen wurden immer reichhaltiger gefüllt; mit pürierten Biskuits, Schokoladenmousse, Erdbeertorte, kurz alles, was möglichst viele Kalorien hatte.

Dritter bis zwölfter Monat

Ganz allmählich, so ab dem dritten Monat, wandelte sich Antonis' anfängliche Abneigung in Liebe. Immer öfter nahm er die Kleine in den Arm. Wenn sie ihn anlächelte, leuchtete der Vaterstolz aus seinen Augen. Mehr und mehr entwickelte sich eine enge, starke Beziehung zwischen den beiden. Viel später einmal sagte Antonis: «Marion ist der Mensch, den ich am meisten von allen liebe und zugleich der, von dem ich am meisten geliebt wurde.

Nach monatelangem Kampf, der die Trauer vergessen liess, war das kleine Wunderkind über dem Berg. So dachten wir. Bis anhin kämpften wir ja gegen den inoperablen Herzfehler, doch jetzt, im siebten Monat, machte sich erstmals das Down-Syndrom bemerkbar. Aufgrund des schlaffen Tonus fehlte Marion schlichtweg die Kraft und Fähigkeit zum Krabbeln. Also übten wir mit ihr das Sitzen – wie Besessene, immer und immer wieder. Und tatsächlich, es war wie ein Wunder: Die Süsse begann zu sitzen und fing an, mit einer ganz besonderen Methode, Dagi von Zimmer zu Zimmer zu folgen. Eine unglaubliche Nachahmerin war sie und äusserst clever. Dieses kleine, bezaubernde Geschöpf wollte leben! Das war nun definitiv klar. Mit der Kraft, die ihr mitgegeben wurde, machte sie eifrig alle Frühtherapien mit. Die Erfolgserlebnisse – wenn auch klein, machten Dagi zur stolzesten Mutter der Welt. Jedesmal, wenn sie ins Kinderspital zur Kontrolle fuhr, hätte sie am liebsten allen die Zunge herausgestreckt und gesagt: «Da seht nur, was eure Prognose wert war!»

Gleichzeitig war sie wütend auf alle und alles, weil man ihr diesen Angstschmerz zugefügt hatte. Der Fairness halber

muss aber auch gesagt sein: Welcher Arzt konnte schon vor-
aussetzen, wie unendlich stark die Liebe der Mutter und des
ganzen Umfeldes war. Liebe, die Berge versetzte und Lebens-
kraft erweckte. Und welcher Arzt ahnte, wie ausgeprägt und
ungewöhnlich stark Marions Überlebenswille war?

Einige Wochen später sassen Dagi und Mama in einem
Tessiner Grotto. Da kam der Wirt und begrüsste die Gäste,
plauderte mit ihnen. Als sich die Frauen mit Marion zum
Gehen bereit machten, kam der wildfremde Mann zu ihnen
und sagte: «Wissen Sie, die Kinder suchen sich ihre Mütter
aus. Und ihr Mädchen hat genau die richtige Wahl getroffen.»

Dies machte Dagi besonders stolz. Aber es gab auch
Schrecksekunden. Zum Beispiel, als die beiden Frauen wieder einmal auf Einkaufstour gingen. Dagi wollte gerade mit
Marion im Moseskörbchen ins Auto einsteigen, als der Hen-
kel riss. Marion kugelte hinaus und drohte auf der Strasse
bergab zu rollen. Reflexartig hob Dagi das Kind auf, drückte
es Mama, die wie gelähmt vor Schreck dastand, in den Arm
und befahl: «Sofort einsteigen, wir fahren ins Triemlispital in
die Notaufnahme!»

Mama konnte vor Schreck erst gar nicht reagieren, wollte in Tränen ausbrechen, aber Dagi hatte den Motor schon
gestartet. Und los ging die halsbrecherische Fahrt Richtung
Waldegg. Wie gelähmt sassen die beiden Frauen nebeneinander, denn Marion gab keinen Ton mehr von sich.

«So weine doch wenigstens endlich», rief Dagi verzweifelt.

Aber Marion war nicht zum Weinen zumute. Im Gegenteil. Mit einem Mal stand ein süsses Lächeln auf ihrem Gesicht. Sofort hielt Dagi den Wagen auf dem nächstgelegenen
Parkplatz an, stieg aus und öffnete die Beifahrertüre. Vorsichtig drückte sie das Kind an allen Körperstellen ab, um zu
lokalisieren, wo Schmerz und Verletzung lagen. Dieses Spiel
gefiel Marion so sehr, dass sie auf einmal quietschte vor Ver-

gnügen. Den Frauen entfuhr ein Seufzer der Erleichterung, sie machten kehrt und die Einkaufstour konnte beginnen.

So verging Tag für Tag, bis zu Marions erstem Geburtstag. Kurz, in der Familie kehrte endlich wieder das Lachen ein.

Doch gehen wir einige Monate zurück. Die Kleine gedieh prächtig. Sie wuchs zwar sehr langsam, dafür konnten wir den Wonneproppen umso länger geniessen – «Bäbele» bis zum Gehtnichtmehr. Jeder noch so kleine Fortschritt wurde gefeiert. Entwicklungen, die beim gesunden Kind selbstverständlich sind, waren für uns jedesmal ein Riesenereignis. Aber natürlich war längst nicht alles Friede, Freude, Eierkuchen. Das kranke Herz musste mit unzähligen Medikamenten auf Trab gehalten werden, und ständige Arztkontrollen machten das Ganze auch nicht einfacher. Immer wieder kamen Ängste und Zweifel auf, wenn Marions Lippen und Nägel blau anliefen – ein Zeichen von Sauerstoffmangel. Dieser Zustand konnte zwischen fünf bis dreissig Minuten andauern. Jedes Mal dachte Dagi voller Bangen: «Ist jetzt der Moment gekommen, haucht mein geliebter Schatz sein Leben aus?» Aber Marion erholte sich jedes Mal.

Mit 7 Monaten lernte sie das Greifen – erst den Finger ihrer Mama, dann ein Biskuit. Mit 14 Monaten konnte sie zum ersten Mal aufsitzen. Krabbeln war, wie schon erwähnt, aufgrund des schlaffen Tonus nicht möglich. So erfand das clevere Kind eine alternative Fortbewegungsmethode: Das linke Bein angewinkelt, das rechte ausgestreckt, hopste sie auf dem Po zum gewünschten Ziel. Die ersten Worte sprach sie mit 15 Monaten: Dies waren «Mapa» (Mama, Papa) und «Wauwau» (Hund). Bald darauf folgten «Gösi» (Grösi) und «Veni» (das bin ich). Die ersten Schritte machte sie fast genau zu ihrem dritten Geburtstag.

Doch zurück zum siebten Monat. Etwa zu diesem Zeitpunkt begann Marion, aktiv an unserem Leben teilzunehmen. Aufgrund des Down-Syndroms hinkte ihre Entwicklung jedoch stark hinter der gesunder Kinder nach. Diese kann man ja bereits mit sechs, sieben Monaten ins Laufgitter setzen, wo sie herumkrabbeln und sich mit Spielsachen beschäftigen. Dagi hingegen trug ihr Kind den ganzen Tag in der Babywippe mit sich herum. Beim Kochen, Putzen, Bettenmachen, ja selbst beim Duschen war Marion zugegen. «Topolino», der kleine Malteserhund, lief stets hinterher, leckte Marion das Gesicht und frass ihr, wenn sie nicht aufpasste, das Biskuit aus der Hand weg. Ihr Lieblingsspielzeug war ein bunter Schlüsselbund aus Plastik, denn der rasselte so laut beim Schütteln. Überhaupt alles, was Töne verursachte, bereitete Marion grosses Vergnügen. Als sie sich schliesslich aufsetzen konnte, war die Zeit fürs Laufgitter reif geworden. Wieder gabs eine Shoppingtour. Dagi und Grösi konnten sich aber nicht für eines oder zwei Laufgitter entscheiden – nein, drei mussten her. Ein quadratisches, ein rundes mit verstellbarer Bodenhöhe und zu guter Letzt ein Modell mit Törchen, über und über behangen mit Spielzeug. Allmählich lernte die Kleine, sich an den Stäben heraufzuziehen, doch eigentlich machte ihr der Aufenthalt im Gitter wenig Spass. Viel lieber bewegte sie sich frei, auf dem Po hopsend, durch die Wohnung. Es war das reinste Bravourstück, sah ungemein drollig aus und trug ihr den Übernamen «Fröschchen» ein. Welche Freude es machte, ihren Lernwillen und die Fantasie zu beobachten, war unbeschreiblich. Am liebsten verkroch sie sich im Schrank, hockte auf dem Tablar und zerrte sämtliche Kleider heraus. Es war sozusagen ihr Hobby, Schubladen zu öffnen und auszuräumen.

In dieser Zeit ging es Marion prächtig, selten lief sie noch blau an. Und wenn, dann wusste Dagi, das geht vorbei. Sie nahm sie dann in den Arm und summte ihr Liedchen vor. Dies war für sie die glücklichste Zeit, obschon ihr die Diagnose der Ärzte immer im Nacken sass. Immer wieder folgten auch Einkäufe mit Grösi, jetzt natürlich im Beisein von Marion. Schuhe und Kleider mussten en masse her, und zwar nur das Beste und Exklusivste. Das sauer verdiente Geld, das Antonis von der Garage nach Hause brachte, wurde fast ausschliesslich für Marion ausgegeben. Natürlich freute sich das Verkaufspersonal, insbesondere über die Fortschritte der Kleinen, was Dagi stolz machte. Ebenso stolz war sie darauf, wie sie Marion beigebracht hatte, ihr Zünglein im Mund zu behalten. Charakteristisch für das Down-Syndrom ist ja, dass die zu grosse Zunge häufig etwas aus dem Mund heraus schaut. Obschon die Kleine beim Atmen den Mund offen hielt, steckte ihr Dagi das Zünglein immer wieder behutsam in den Mund zurück. So lange, bis Marion auch dies gelernt hatte.

Down-Syndrom Kinder sind unglaublich lernfähig, sobald Eltern und Bezugspersonen sich mit Hingabe und Zeit für sie einsetzen.

Das Wunder Marion

1990 bis 1991, 1 bis 2-jährig

Mit vierzehn Monaten besuchte Marion bereits die Frühförderung, wo die Motorik trainiert wurde. Dort lernte sie auf spielerische Art mit Holzklötzchen Türme bauen, zu trommeln oder Xylophon spielen. Ab dem achtzehnten Monat kam eine Physiotherapie dazu, die die Muskulatur stärkte. Das Ganze machte Marion sichtlich Spass. Stets war Mama dabei und studierte die Übungen, die sie dann zu Hause mit Marion praktizierte. Es gab aber auch Tage, an denen unser Schätzchen absolut keine Lust hatte. Dann streikte es kurzerhand. Schon früh hatte Marion einen sehr starken Willen, und wenn ihr etwas nicht passte, konnte sie das gut zeigen. Sie sass dann da wie ein Bock und jammerte. Zu weinen war nicht ihre Art, dies tat sie nur selten. Wie alle Down-Syndrom Kinder war sie kaum in der Lage, sich mehr als zehn Minuten auf eine Beschäftigung zu konzentrieren. Sie brauchte daher immer sehr viel Abwechslung.

Ein Tretauto von Grossvater war genau das Richtige. Es war sein Geschenk zu Marions zweitem Geburtstag. Allerdings war die Kleine nicht in der Lage, die Pedale anzutreiben. «Scheisse!», schimpfte sie. Nebst den Wörtern Mapa und Wauwau hatte sie bereits einige Kraftausdrücke aufgeschnappt. Marions Lernprozess, bis sie verbal kommunizieren konnte, sollte aber noch einige Jahre dauern. Umso süsser klang ihr kleiner, beschränkter Wortschatz. Und er reichte zum gegenseitigen Verständnis. Zwei ihrer Lieblingswörter waren «Sauchund» und «Aschloch». Dies mag brüskieren, tönte aber aus Marions goldigem Mündchen völlig unschuldig und normal und beinhaltete eine ganze Palette an Bedeutungen, die zu differenzieren das Kind in Worten nicht in der Lage war. Selbstverständlich taten wir alles, um Marion diese Wörter abzugewöhnen. Doch je mehr wir es versuchten, desto lustiger fand sie das «Spiel» und betonte die Wörter erst recht. Das war Marion. Kurz gesagt, das Down-Syndrom!

Doch zurück zum Tretauto. Grossvater baute kurzerhand einen Elektromotor ein, der mittels Knopfdruck am Lenkrad bedient wurde – genau wie bei der Formel 1. Nur raste Marion nicht, sondern tuckerte im Schritttempo über den Rasen vor Grossvaters Haus. Dagi stets hinterher eilend, um aufzupassen, dass die Kleine nicht in einen Baum fuhr. Denn auch das Lenken bereitete ihr, zu unserer Gaudi, noch Mühe.

Ihren Entwicklungsprozess genossen wir ungemein und zehrten davon, auch wenn er zeitlich verzögert war. Mama und Dagi vergassen rundherum alles, ihr ganzer Lebensinhalt drehte sich nur um Marion, deren Glück und Wohlbefinden. Immer öfter sagte Mama «mein Kindchen» – dann insistierte Dagi und rief: «Nein, *mein* Kindchen!» Aber insgeheim war Dagi unendlich froh und dankbar für alles, was unsere Mutter geleistet hatte. Von Nacht- und Nebelfahrten über Kochen, Schöppeln, Trostzusprache, um die ganze Hilfe, ohne die das «Wunder Marion» kaum hätte gelingen können.

*

Als der erste Schnee fiel, blickte Marion fasziniert auf die tanzenden, weissen Flocken. Doch kaum hatten sie die Schlitten hervorgeholt, schmolz die ganze Pracht wieder weg. Für Dagi war klar: Dieses Jahr fahren wir in die Berge. Sie wollte Marion unbedingt Schnee zeigen, so richtig feinen Pulverschnee! Sie selbst war ja vernarrt ins Skifahren, und da sich die beiden im Charakter so ähnlich waren, nahm sie an, dass auch Marion Spass im Schnee habe. Also fuhren sie mit Sack und Pack, zwei Freunden und deren Zwillingsbabys nach

Saas-Fee. Dagi freute sich wie närrisch, ihre Prinzessin auf dem Schlitten durch den Schnee ziehen zu können. Doch bereits die kurvenreiche Autofahrt wurde zu einem Albtraum. Ganz plötzlich schwemmte Marions Körper auf, sie bekam dunkle Augenringe und blaue Lippen. Hatten Dagi und Antonis vielleicht vergessen, dass ihr Kind einen schweren Herzfehler hatte? Nein, das nicht. Aber keiner wusste, wie hoch Saas-Fee wirklich lag. Man nahm an, dass die Ursache des Unwohlseins die Autofahrt war. Also richtete sich die Gruppe im Chalet ein und machte einen Spaziergang durch das Dorf. Bei der Post hing eine Ortskarte, die Dagi studierte. Sie wurde blass: «Saas-Fee, 1800 m.ü.M.», mein Gott, wie kann ich nur so blöd sein!», rief sie aus.

Marions Herz ertrug eine maximale Höhe von 1400 m.ü.M. In Panik raste sie zum nächsten Telefon und rief Marions Kinderarzt an.

«Sie können versuchen zu bleiben, Frau Tantsiopoulos, es wäre möglich, dass sich Marion nach ein paar Stunden akklimatisiert. Aber besteigen Sie um Gottes Willen keine Bergbahnen, Marion erträgt keinen zusätzlichen Höhenmeter. Wenn es schlimmer wird, konsultieren Sie sofort einen Arzt, der ihr Sauerstoff verabreicht.»

Tatsächlich ging es Marion nach ein paar Stunden besser, sie brauchte einfach viel Ruhe und Schlaf. Aber das ganze Programm, Skilaufen, Schlitteln, im Bergrestaurant an der Sonne liegen, musste komplett umorganisiert werden. Es wurde Schichtbetrieb eingeführt. Einmal hüteten die Männer die Kinder, ein anderes Mal zogen die Frauen Marion auf dem Schlitten durchs Dorf. Aber wohl in der Haut war es Dagi keineswegs. Als die Woche vorbei war und man nach Hause fuhr, fühlte sie sich zutiefst erleichtert.

Frühförderung 1992, 3-jährig

Immerhin, Marion war nun schon Schlitten und (Tret)auto gefahren, und dies, bevor sie gehen konnte. Aber kurz darauf, fast genau zu ihrem dritten Geburtstag, machte das Wunderkind ihre ersten Schritte. Ohne Unterstützung, die Händchen vorgestreckt, tapste sie durch Grösis Stube. Erst machte Dagi grosse Augen und stand mit offenem Mund da, dann rastete sie fast aus vor Freude. «Denen hab ich's allen gezeigt», dachte sie abermals. Und Grösi war im siebten Himmel, als Marion einen Freudenschrei ausstiess. Mit ihrem ungeheuren Willen schaffte es die Kleine, auf eigenen Füssen zu stehen und zu gehen. Der Gedanke an den Tod war völlig in den Hintergrund gerückt, kaum einer dachte oder glaubte noch daran. Marion wog zu diesem Zeitpunkt gerade mal neun Kilo.

Von nun an begann unser Schätzchen die Welt zu entdecken. Sie watschelte hinter Bällen, Hunden, Katzen und Nachbarskindern her. Bald wurde sie zum Liebling aller Kinder, Freunde und Mitbewohner. Mit ihrer Schläue, dem Schalk und ihrem unverkennbaren Lächeln, heiterte sie selbst die Kassiererinnen im Coop Supermarkt auf. Schon sehr früh begann Marion, die Leute auf der Strasse genauestens zu beobachten. Jeder und alles, was in ihr Blickfeld geriet, kommentierte sie umgehend. Wer immer durch schlechtes Benehmen auffiel, bekam das indirekt zu hören von ihr. Einmal, im Zug, als sie mit Grösi nach Richterswil fuhr (zu einem Zeitpunkt, als sie schon etwas grösser war), hatte ein junger Mann seine Füsse samt Schuhen auf die gegenüberliegende Sitzbank gelegt. Marion sagte mit vorgehaltener Hand, aber genug laut, dass es der Mann hören musste: «Gäll, Gösi, mach me nöd, Schue ufe hebä?»

«Nein Marion, da hast du schon recht», schmunzelte Grösi, «sowas tut man nicht.» Damit war sie zufrieden. Der

Mann legte peinlich berührt eine Zeitung unter seine Füsse.

Oft wollte Marion uns wohl absichtlich in Verlegenheit bringen. Das merkte man am Schalk in ihren Augen. Zumal sie ausgerechnet in vollbesetzten Fahrstühlen dicke Bäuche und lange Nasen an Männern entdeckte, und so manchen schon zum Erröten oder Herauslachen brachte. Oft wusste sie aber ganz genau, dass man gewisse Dinge nicht laut aussprechen durfte, stupfte einen bloss an und verdrehte vielsagend die Augen – die Goldige.

Nebst Frühförderung und Physiotherapie wurde Marion 1992 mit drei Jahren in die Spielgruppe in Birmensdorf integriert. Obschon es ihr dort sehr gut gefiel, entschlossen sich die Eltern Ende 1993, nach langem Hin und Her, Marion ein Plätzchen im anthroposophischen Kindergarten in Witikon zu bescheren. Dort sollte sie, durch Einzelbetreuung, noch mehr von der therapeutischen Förderung profitieren. Von Anfang an hatte die Kleine Mühe, sich anzupassen. Bereits morgens beim Einsteigen ins Auto liess sie ihr Köpfchen hängen. Spätestens auf der Quaibrücke in Zürich ging dann der Protest los. Oft brach Marion in herzzerreissende Tränen aus, wonach Dagi am liebsten kehrt gemacht hätte. Stattdessen tröstete und liebkoste sie ihr Mädchen in der Hoffnung, dass es sich bald akklimatisieren würde. Da Marions Wortschatz nach wie vor beschränkt war, konnte man nicht herausfinden, weshalb ihr so graute vor dem anthroposophischen Kindergarten. Schweren Herzens brachen Dagi und Antonis das Experiment nach einem halben Jahr ab – und siehe da, Marion fand zu ihrer alten Fröhlichkeit zurück. Ab sofort durfte sie versuchsweise den Regelkindergarten Birmensdorf besuchen, wo sie von Frau Freytag und den Kindern herzlich aufgenommen wurde. Durch die Unterstützung und das grosse Entgegenkommen der Lehrerin war es Marion möglich, aktiv in der Gruppe mitzumachen. Bald gab es auch Kinder, die Marion liebend gern zur Hand gingen.

Kleine Rückschläge gab es natürlich immer mal. Dann zum Beispiel, wenn wir von unserem Mädchen etwas erwarteten, das statt zwei Jahre halt eben vier Jahre in Anspruch nahm. Ansonsten wurde die Gestaltung des Alltags weiterhin von Marion bestimmt. Dagi und Mama mussten sehr flexibel sein, um sich dem jeweiligen Befinden des Kindes anzupassen. Wenn Marions Herz mal wieder verkehrt schlug, die Kleine blau anlief und über Beinschmerzen klagte, wurde sofort kehrt gemacht und das Programm geändert. Intuitiv genossen Mama und Dagi jeden Tag, als wäre es der letzte.

1993, 4-jährig

Nun wäre die Welt eigentlich wieder in Ordnung gewesen, hätte uns Marions Herzfehler nicht erneut in die Realität zurückgeholt. Die Sommerferien 1993 brachen an und der stolze Antonis wollte seinem Mädchen endlich das ägäische Meer zeigen.

Also reiste man für drei Wochen nach Griechenland. Ein Flug kam zu dieser Zeit nicht in Frage, die Ärzte des Kinderspitals rieten uns dringend davon ab. Der Grund dafür war, dass Marions Sauerstoffzufuhr wegen des tiefen Luftdrucks in der Kabine unzureichend war. So fuhren sie mit zwei Autos – mit denselben Freunden wie in Saas-Fee – nach Korfu. Alles lief gut, auch auf der Fähre gab es keine Probleme. Auf der Insel angekommen, richtete sich die Gruppe in der kleinen Pension eines Bekannten von Antonis ein. Marion war ziemlich müde und erschöpft, was nach der anstrengenden Autofahrt normal und verständlich schien. Aber am dritten Tag wollte sie plötzlich weder essen noch trinken. Dagi war nun sehr besorgt, versuchte ständig, ihr den Schoppen zu geben, damit sie wenigstens etwas Flüssigkeit bekäme. Aber nicht einmal Papi zuliebe nahm Schätzchen einen Schluck, was sie sonst immer tat. Allmählich versetzte Marion alle in

44

Panik. Am vierten Tag alarmierte Dagi den Kinderarzt in Wettswil. Der fand allerdings auch keine Erklärung für Marions Ess- und Trinkverweigerung. Er riet Dagi, Electrolyt, eine Art Flüssigkeitskonzentrat zu besorgen, das dem Körper in kleinen Schlucken die dreifache Menge von normalem Wasser zuführt. Doch es half alles nichts. Zu Hause bangten Mama und ich mit. Immer wieder versuchten wir telefonisch, Dagi und Antonis zur sofortigen Rückkehr in die Schweiz zu bewegen. Was sie dann auch taten. Zwar gab es Reibung und Diskussionen mit den Freunden, letztlich entschieden diese aber doch auch, die Ferien abzubrechen. Kurz vor der Grenze rief Dagi Mama an und informierte sie darüber, dass sie in etwa drei Stunden zu Hause wären. Als sie in Landikon-Birmensdorf eintrafen, stieg ihnen ein verführerischer Duft in die Nase. Mama hatte einen Riesentopf Spaghetti zubereitet – damit das Schätzchen, «ihr Kind», mal wieder etwas Rechtes in den Magen bekäme. Dies wäre aber gar nicht nötig gewesen. Denn kaum über der Grenze, in einer Raststätte, ass Marion mit Heisshunger einen Teller Pommes-Frites mit Ketchup. Auch hatte sie mächtig Durst. Lange rätselten wir vergeblich über die abrupte Wende. Jedenfalls sagt die Fachliteratur, dass Down-Syndrom Kinder Mühe haben, aus der gewohnten Umgebung herausgenommen zu werden. Sie führt zu Orientierungslosigkeit, Unsicherheit und Angst – was sich oft in Appetitlosigkeit manifestiert. Natürlich kam niemand von uns auf die Idee, Ratgeber oder Bücher über das Down-Syndrom zu studieren. Es wäre auch gar nicht möglich gewesen. Tag für Tag überstürzten sich die Ereignisse und wir mussten oft rund um die Uhr auf Trab sein. Keiner wusste, wann es zu Ende ging. Schliesslich hatte man uns gesagt, dass das Kind eine Lebenserwartung von vier bis sieben Wochen habe. Also mussten wir jeden Tag, jede Minute, als Geschenk annehmen. Dass Marion plötzlich gehen konnte, grenzte sowohl für uns als auch für die Ärzte an ein Wunder. Doch Zeit zum Nachdenken blieb nicht, man «funktionierte» einfach nur. Kämpfen, kämpfen bis zum Gehtnichtmehr. Oft hatte ich Mühe, mich auf das Alltagsleben zu konzentrieren. Zu tief sass die Angst im Nacken, wenn es der Kleinen nicht gut ging. Klar lachte sie, kicherte und nahm aktiv an unserem Leben teil, doch reichte die Zeit nie aus, sich im Kopf, im Bauch und der Seele zu erholen. Schon passierte wieder was Neues.

Die ersten drei bis fünf Jahre sind für Mütter von Down-Syndrom Kindern wie eine Wundertüte – voller Überraschungen!

Seit Marion das Gehen beherrschte, war es, als müsste man einen Sack voll Flöhe hüten. Ich erinnere mich noch sehr gut daran, als Dagi sie mir zum ersten Mal ganz allein anvertraute. Wir fuhren zum Katzensee, um «Dampflokomotive» zu fahren. Mein damaliger Freund Franz (heute mein Ehemann) wurde hart auf die Probe gestellt. Wir kannten uns erst ein paar Wochen – aber wer mich wollte, der musste Marion «mitlieben». Bei den endlosen Dampflokomotivrunden hielt sich Franz noch ganz tapfer. Er kaufte immer wieder neue Tickets, damit Marion und ich eine weitere Runde sitzenbleiben konnten. Allmählich gab es einen Aufstand bei den schlangestehenden Eltern. Ihre Kinder wären doch auch mal an der Reihe, monierten sie. Das leuchtete natürlich ein. Also setzten wir uns ins nahegelegene Selbstbedienungsrestaurant. Kaum hatte Franz die Getränke gebracht, fuhr Marion mit dem Ärmchen und der flachen Hand über den Tisch – und wisch, wasch! Weggefegt waren Gläser und Flaschen. Ich rannte zum Buffet, holte Servietten und einen Lappen. Franz war für eine Sekunde mit den Flecken auf seiner Hose beschäftigt, als Marion schwupp – verschwunden war. Ich geriet in Panik. Erst sah ich schwarz, dann rot, dann so viele Menschen, und endlich, von weitem Marion, die auf dem Kinderspielplatz versuchte, einen Kletterturm hochzukraxeln. Der Schreck reichte, um bald darauf aufzubrechen und statt mit der Dampflok im Auto durch die Gegend zu rattern. Etwas, das Marion sowieso liebte, insbesondere das Singen dazu.

Natürlich habe ich mich gehütet, meiner Schwester von diesem Zwischenfall zu berichten. Allerdings passierte auch ihr gelegentlich ein Malheur. Zum Beispiel vor der Bäckerei Ulrich in Dietikon, im selben Jahr. Dagi wollte nur schnell reinrennen und eine Erdbeertorte kaufen. Sie dachte, für zwei Minuten könne sie Marion schon allein im Autositzchen zurücklassen. Als sie wieder zum Parkplatz um die Hausecke bog, erstarrte sie vor Schreck. Ihr Fahrzeug war wie vom Erdboden verschluckt. Kreidebleich sah sie um sich und entdeckte ihr Auto, schräg inmitten der Strasse stehend. Einen Moment lang schoss ihr der Gedanke durch den Kopf, Antonis könnte zufällig vorbeigekommen sein und ihr diesen «Streich» gespielt haben. Als sie aber Marion hinter dem Steuer sah, wusste sie, dass dies keine Bestrafung für ihre Nachlässigkeit war. Dann ging alles sehr schnell. Dagi sprang in den Wagen, nahm Marion vom Lenkrad weg und startete den Motor. Zurück auf dem Parkplatz musste der Schock erst mal verdaut werden. Nicht auszudenken, was passiert wäre, wenn Verkehr auf der Strasse geherrscht hätte. Dass die so zierliche, kleine Marion unter der Gurte des Autositzchens durchschlüpfen konnte, den Schalthebel betätigen und den Leergang erwischen würde, damit hatte sie natürlich nicht gerechnet.

*

Während dieser Zeit fing Antonis an, jeden Sonntag etwas zu unternehmen mit der Kleinen. Meistens gingen sie Entchen füttern am See, mal in den Zoo oder in den Wald zum Picknick. Oft verbrachten sie die Nachmittage auch unter den Griechen im Café «Select». Antonis war inzwischen mächtig stolz auf seine kleine Prinzessin. Auch die Freunde liebten den aufgeweckten, süssen Fratz, der stundenlang an der Seite von Papi sass und ihn anhimmelte. Wenn es Marion mit den Griechen zu langweilig wurde, kramte sie einen Bändel oder ein Kettchen aus der Tasche, das sie fortwährend um ihre Finger wickelte und zwirbelte. Eine Angewohnheit, die unser Mädchen sehr beruhigte. Auch brauchte sie ihre «Bändel» zum Einschlafen, genauso wie morgens bei der Ovomaltine.

Bereits mit vier Jahren fing Marion an mit Männern zu kokettieren – sie himmelte sie förmlich an. Und wenn dann einer der Auserkorenen reagierte, wurde unser Mädchen richtiggehend verlegen. In den Samichlaus war sie geradezu vernarrt, weil der so lieb war zu ihr. Er nahm sie beim Händchen, setzte sie auf sein Knie und Marion durfte den weissen Bart berühren. Von Anfang an stimmte die Chemie zwischen den beiden. Ich sehe noch alles vor mir. Von der Haustür bis zum Wohnzimmer Festbeleuchtung, Kerzen brannten und es roch nach griechischem Essen. Die ganze Familie sass voller Adventsfreude und Dankbarkeit, dass es Marion im Moment gut ging, eng beisammen auf dem Sofa. Schon Wochen zuvor hatte Grösi die Kleine auf den Samichlaus vorbereitet. Sie übte ein Verschen mit ihr: «Samichlaus du liebä Ma, dörfi au äs Gschänkli ha?», und schilderte in bunten Farben, wie der Mann aus dem Wald aussah. Auch erzählte sie ihr, dass der Samichlaus einen langen Bart trage und sehr lieb sei. Zur Feier des Tages durfte Marion sogar ihr Puppenhaus und jedes Bäumchen im Garten mit Sternen und bunten Lichtern schmücken. «Bim, bim, bim», klang es unter der Tür, dann hörten wir die schweren Schritte und die dunkle Stimme des Chlaus: «Sind wir da richtig bei Marion?» «Bim, bim …», klang es erneut. Die Kleine sprang sofort auf Grösis Schoss und blickte verzückt auf den grossen, roten Mann, der auf sie zukam. Marion spielte zunächst die Schüchterne, doch als der Chlaus sagte, er sei etwas müde; ob sie den goldenen Stab halten könne, war das Eis gebrochen. Schon sass sie auf seinen Knien und zupfte an dem gelockten Bart herum. Mit theatralischem, verklärten Blick flüsterte sie ihm zu, «Liebä Ma, Gschänkli ha ...», nahm seine Hand und er umarmte sie. Gleich darauf rollten die Geschenke aus dem Sack, unsere Sorgen von dannen, und das Glück schien perfekt. Für Dagi war klar, von nun an durfte nur dieser eine, und kein anderer Samichlaus ins Haus kommen.

Der Shunt

Kindergartenjahr 1994/95

Marions fünfter Geburtstag nahte. Mit ihrem ungebrochenen Willen hatte es unser Mädchen geschafft, am normalen Kindergartenleben teilzunehmen und war inzwischen gut integriert.

Immer häufiger kamen aber die Sorgen, wenn Marions Sauerstoffzufuhr unzureichend war und heftige Schmerzen in Bauch und Beinen auftraten. Oft suchte Dagi in höchster Eile den Kinderarzt auf, bis wir endlich einen Termin im Kinderspital erhielten. Nach zahlreichen Abklärungen und medizinischen Gesprächen mit dem Kardiologen wurde schliesslich klar, dass eine sogenannte Shunt-Operation für Marion unumgänglich war. Am Herzen selbst konnte man ja nichts tun, dieses war inoperabel. Marion hatte anstelle von zwei nur eine Herzkammer.

Als Shunt wird in der Medizin eine Kurzschlussverbindung mit Flüssigkeitsübertritt zwischen normalerweise getrennten Gefässen oder Hohlräumen bezeichnet. Ein Shunt kann die Druckverhältnisse in den Blutgefässen massgeblich verändern. Bei Marion wurde diese Gefässüberbrückung von der Körper- zur Lungenschlagader angelegt. Ohne einen solchen Shunt hätte sie nicht mehr lange gelebt.

Die Angst und das Zittern um Marion, die wir jetzt wieder ausstehen mussten, waren einfach schrecklich. Vermutlich kann das nur eine Mutter, die dasselbe durchgemacht hat, so richtig nachempfinden.

Zu allem Überdruss kam hinzu, dass Dagi ausgerechnet jetzt unverhofft schwanger wurde. Dieser Tatsache sah die ganze Familie mit gemischten Gefühlen entgegen. Schliesslich bedeutete es noch mehr Verantwortung, noch mehr Arbeit, und für die Partnerschaft ein weiterer schwerer Prüfstein. Mama hatte grosse Angst, denn ein zweites, möglicherweise krankes Kind wäre wohl für alle zur unerträglichen Belastung geworden. Doch Dagi liess sich nicht beirren. Womit meine Schwester auch recht hatte. Ich weiss nicht, was passiert wäre, hätte sie Chris nicht gehabt. Doch dazu später mehr.

Erste Shunt-Operation, 6. April 1994

Zwei Tage nach Marions fünftem Geburtstag sollte die Shunt-Operation erfolgen. Allerdings war uns schon vorher klar, dass wir von nun an «Dauergäste» im Kinderspital sein würden. Um den geplanten Shunt einzusetzen, musste vier Wochen zuvor eine Herzkatheterisierung gemacht werden. Von unserer Angst durfte die Kleine natürlich nichts merken. Im Gegenteil, die Operation und der damit verbundene Spitalaufenthalt wurde unserem Schätzchen so schmackhaft wie nur möglich gemacht. Auf Wunsch wurde sie von einer ganzen Eskorte begleitet und durfte uns alle herumdirigieren, so viel und so lange sie wollte. Noch bis zur Tür des Herzkatheter-Labors machte sie auf dem Schragen Schabernack mit Mami und der Schwester. Dies wohl wegen dem Effekt der Beruhigungstropfen, die man ihr vorgängig verabreicht hatte. Trotz allem, unsere Angst blieb und war nicht unterzukriegen.

Die Herzkatheterisierung verlief schliesslich gut. Marion lag noch im Dämmerzustand, als sie auf ihr Zimmer gebracht wurde. Hin und wieder öffnete sie ganz kurz die Augen und war zufrieden, wenn sie uns erblickte. Als sie aber den Sandsack auf ihrer Leiste spürte, griff sie sofort danach und wollte ihn von sich stossen. Wir hatten alle Mühe, ihr die Hände davon fernzuhalten. Schliesslich störte der schwere Sack so sehr, dass sie anfing laut zu weinen und zu schreien. Das Schlimme war, dass wir nicht wussten, ob die darunterliegende Wunde schmerzte, oder ob dieser Sack sie in Panik versetzte. Dies tat uns natürlich furchtbar weh. Während dieser Zeit musste das Pflegepersonal und auch die Ärzte allerlei Kraftausdrücke über sich ergehen lassen. Aber man nahm es gelassen. Schliesslich kannte man Marion und wusste, welch eine Kämpferin sie war und wie brav sie stets alle Untersuche mitmachte.

Drei Wochen später, am 6. April, wurde unser Mädchen operiert.

Was meine Schwester während den Stunden der Operation durchmachte, war der reinste Horror. Als die Kleine durch die OP-Tür verschwand, sagte man Dagi, sie solle solange spazieren oder einkaufen gehen. Doch nie wäre sie auch nur einen Zentimeter von ihrem Platz gewichen. Jedesmal, wenn die Tür zum Operationssaal aufging, klopfte ihr Herz bis zum Hals. Für meine Schwester war diese Pforte ein unheimliches dunkles Loch hinter dem über das Leben ihres geliebten Mädchens entschieden wurde. Eine Sperre, hinter der sie sich machtlos, ohnmächtig fühlte und ihr Kind nicht mehr beschützen konnte. Zwar hatten ihr die Ärzte immer wieder versichert, dass Marions Shunt-Operation ein Routineeingriff sei. Trotzdem drehte Dagi fast durch vor Angst. Nach zwei Stunden hatte sie die Nägel bis auf die Haut abgebissen – nach vier bluteten die Hände und nach fünf Stunden war der Blutdruck so stark angestiegen, dass sie von der Brust bis zu den Wangen rot gefleckt war.

Endlich kam der Chirurg und beruhigte Dagi, alles sei gut verlaufen, Marion würde soeben stabilisiert. Danach käme sie auf die Intensivstation, und nachdem die Geräte angeschlossen seien, dürfe sie zu ihr. Dagi wischte ein paar Tränen der Erleichterung weg.

Als Marion schliesslich ihre kleinen Augen aufschlug, überflossen wir vor Glück. Auch die Ärzte äusserten sich sehr zufrieden über den Eingriff.

Die folgenden Nächte verbrachte ich zeitweise auf einer Liege, die man neben Marion aufstellte. Das Ticken der Geräte, der schwere Atem des Kindes, der Sauerstoffschlauch und die Nachtschwester mit Taschenlampe – alles ist mir noch in lebendiger Erinnerung. Am Morgen wurde ich von Dagi abgelöst, nachmittags übernahm Grösi die Überwachung, und am Abend kam Dagi wieder – zwischendurch Antonis, und so fort. Und das Wunder geschah; Marion erholte sich bald und kommandierte uns und die Pflegerinnen herum. Dies hätte wohl bei einem normalen, gesunden Kind niemanden zum Lachen gebracht. Doch aus dem Mund dieses Down-Syndrom Kindchens war das für alle eine Gaudi. Besonders von einem, das sich selbst als ganz normal betrachtete. Diese Tatsache führte sie uns immer wieder vor Augen. Dazu aber später einige Anekdoten.

Es war, als hätte uns der Himmel Marion ein zweites Mal geschenkt. Endlich, nach sechs Tagen, durften wir das Wunderkind – jetzt zur Prinzessin avanciert – nach Hause nehmen. Auf der Freudenfahrt nach Landikon-Birmensdorf sangen wir vom «Vogellisi» bis zu «Sur le pont d'Avignon» lauthals das ganze Repertoire durch. Zu Hause warteten alle Freunde und Nachbarn, denen Marion voller Stolz ihre lange Narbe zeigte – das Wundmal, das so viele Tränen gekostet hatte.

Es folgte eine fast sorglose Zeit. Marions Entwicklung ging gut, aber langsam voran, sie entpuppte sich als kleiner, mutiger Frechdachs. Vom Velo- bis zum Rollbrettfahren wollte sie alles mitmachen, was auch gesunde Kinder taten. Zum Entsetzen von Dagi war sie zu einer regelrechten Wassernixe geworden. Marion liebte es, zu tauchen und den Atem solange wie irgend möglich anzuhalten. Trotzdem entschloss sich Dagi, ihr sämtliche Freiheiten zu gewähren und Marions Lebensfreude nicht durch Verbote zu trüben. Selbst wenn es weh tat, mitanzusehen, wie die Kleine jedesmal blau aus dem Wasser stieg, überstrahlte ihr glückliches Gesicht alles.

Glück und Tränen

Am 16. September 1994, morgens um 10.10 Uhr bekam Marion ein 5230 Gramm schweres und 56 Zentimeter grosses Brüderchen. Dass es auch bei dieser Geburt nahezu um Leben und Tod ging – insbesondere um das der gebärenden Mutter, braucht angesichts des Erwähnten wohl nicht näher erläutert zu werden. Der Bub war ein Mordsbrocken.

Wie schon bei Marion, gab es zuvor hitzige Diskussionen bezüglich der Namensgebung des Sprösslings. Antonis war fest entschlossen, seinem Sohn nach griechischer Tradition den Namen des Grossvaters zu geben: CHRISTOS.

Daraus wurde, nach wiederum langem und mühseligen Kampf: CHRIS.

Am Vorabend der Geburt geschah etwas Unglaubliches. Ein Zwischenfall, der aufzeigt, wie unendlich stark und eng Marion und ihre Mami miteinander verbunden waren. Dagi begann, aufgrund des bevorstehenden Spitalaufenthaltes, mit Marion das «Auswärtsschlafen» zu üben. Kurz nachdem sie zu diesem Zweck die Kleine am Abend bei Grösi abgeliefert hatte, merkte meine Schwester, dass sie den Schokolade-Schoppen vergessen hatte. Gleich darauf ging sie mit dem Hund auf die Runde und wollte unterwegs die Flasche abliefern. Es regnete in Strömen, der Hauseingang bei Grösi war nass und glitschig. Die hochschwangere Dagi glitt aus und blieb verletzt am Boden liegen. Verzweifelt rief sie nach Grösi und Lili, die im Hochparterre mit Marion «übten». Nichts rührte sich, niemand hörte sie. Nur Topolino hüpfte ein ums andere Mal über Frauchens Bauch, leckte ihr Gesicht ab und verstand nicht, was da geschah. In der Wohnung stupfte Marion unterdessen immer wieder Grösi und Lili an und sagte: «Mami da …, Mami da …»

Aber niemand reagierte darauf. Als die Kleine partout

nicht locker liess, dachte Lili entnervt: «Na dann öffne ich halt die Tür, dann sieht sie, dass keine Mama da ist.»

Lili traute ihren Ohren nicht, als sie das Wimmern ihrer Schwester vernahm. Wie von der Tarantel gestochen rannten sie die paar Stufen hinunter. Als Dagi erfuhr, dass ihr geliebtes Kindchen als einzige ihre Hilferufe mitgekriegt hatte, wischte sie eine Schmerzensträne weg und war unheimlich stolz und glücklich. Sofort wurde der Notarzt gerufen, Dagi mit der Ambulanz ins Limmattalspital gebracht. Diagnose: Bänderriss am Fussgelenk. Es musste geschient werden. Acht Stunden später ging die Geburt in der Klinik im Park los.

*

Marion war überglücklich, diesen süssen und vor allem kerngesunden Kerl bald an sich drücken und herumtragen zu können. Gemeinsam fuhren wir am Tag nach der Entbindung zu Mami in die Klinik. Marion war vor Freude überdreht, sie kicherte und sang ein Lied nach dem anderen. Natürlich musste ich aus voller Kehle mitsingen und wenn ich den Text vergass, brummelte sie kurz vor sich hin. Beim «Vogellisi» umschlang sie mich vor Freude vom Rücksitz aus, bis sich mir der Hals zuschnürte und der Gesang darin stecken blieb.

«He, Marion, das reicht, lass sofort los», krächzte ich lachend. «Das ist gefährlich, hörst du … He, he, deine Tante kann so nicht Autofahren!»

Doch mein Insistieren feuerte sie bloss dazu an, den Griff zu verstärken, was mich vor Lachen fast platzen liess – zumal sie mich dabei abküsste vor Wonne. Gerade noch rechtzeitig gelang es mir, auszuscheren und den Wagen zum Stillstand zu bringen.

Die Ausdruckskraft der Gefühle von Down-Syndrom Kindern ist um ein Vielfaches stärker als beim sogenannten normalen

Kind. Die Wucht und die Kraft solcher Liebe ist die wohl wunderbarste und schönste Empfindung, die einem im Leben zuteil werden kann.

Einmal war ich auf Studienreise in Helsinki, wo ich Elisa, die 13-jährige Tochter unseres Gruppenführers von Finlandia Reisen kennenlernte. Auch Elisa ist ein Down-Syndrom Kind und war voll in ihrem Element, als sie im See vor der Blockhütte tauchte und schwamm. Beim Mittsommerfest am Abend im Wald geschah aber etwas trauriges, das mir bis heute im Gedächtnis geblieben ist.

Dass Elisa mich unter all den Gästen auserwählt hatte, neben ihr zu sitzen, verwunderte nicht. Jedoch konnte sie, wie alle Down-Syndrom Kinder, kaum länger als zehn Minuten still sitzen. Also zog sie mich am Arm vom Tisch weg, um mich ganz allein für sich zu haben. Dieses Ritual kannte ich natürlich schon von Marion. Sie wollen einen ja am liebsten mit Haut und Haar auffressen. Als ich schliesslich sagte: «Jetzt ist aber genug Schatz, ich muss mal wieder zu den andern schauen», blieb Elisa demonstrativ auf einem Holzstrunk sitzen und liess ihr Köpfchen hängen. Und dies für den Rest des Abends – immer tiefer sank es nach unten. Keiner vermochte sie von ihrem Platz zu bewegen, weder ich, ihr Vater, noch die Mutter. Etwas traurig gingen wir im Mondschein, umschwärmt von Tausenden von Mücken, heimwärts. Elisa stets im Abstand von zwei Metern hinter mir. Plötzlich besann sie sich, nahm mich bei der Hand und sah zu mir auf: «Du bisch mini Fründin, gäll?»

«Ja, Elisa, ich bin deine Freundin, natürlich.»

Ernster, kleiner Mann

Marion ging es nach der Shunt-Operation recht gut. Zwar musste sie nach wie vor alle acht bis zehn Tage zum Kinderarzt zur Kontrolle. Ihre Blausuchtanfälle traten aber deutlich weniger häufig auf. Damit war die Welt für alle wieder in Ordnung. Leider musste Chris, ihr Brüderchen, sehr früh die Erfahrung machen, viel auf seine Mami zu verzichten. Oft musste er in fremden Bettchen schlafen und wurde von allen möglichen «Nannys» umsorgt. Erstaunlicherweise konnte er aber bereits im Alter von zwei Jahren mit Marions «Bobo» umgehen. Und mit vier war er schon ein sehr ernster, kleiner Mann geworden. Einer, der gelernt hatte, Rücksicht zu nehmen und zu verzichten. Dagi versuchte sich aufzuteilen, so gut es ging. Und schon damals spürte man, dass zwischen ihr und ihrem Sohn eine tiefe Liebe und Seelenverwandtschaft heranwuchs. Ja, dass der Kampf um Marions Leben sie beide zusammenschweisste. Niemand dachte, dass Chris eines Tages – wenn seine Zeit kommen würde – sein geliebtes Mami keine Minute mehr allein liess und sich alles zurückholte, was ihm entgangen war.

Und bis heute besteht diese innige Beziehung.

Kindergartenjahr 1995/96

Dann begann in Birmensdorf das Kindergartenjahr 1995. Marion wurde dort zusätzlich während wöchentlich vier Stunden von Frau Kislig heiltherapeutisch unterstützt. Die Kleine sah je länger, je mehr zum Fressen aus, hatte sie doch inzwischen langes, blondes Haar. Wenn man sie fragte, was Frau Kislig denn heute mit ihr gemacht habe, zeigte sie uns oft nur den Mittelfinger. Das bedeutete in etwa: «Mir stinkts mit der Therapeutin.»

Im Grunde genommen war Marion aber einfach überfordert, weil vielerlei Neues von ihr abverlangt wurde. In Wirklichkeit mochte sie Frau Kislig sehr gut leiden, das spürten wir immer dann, wenn Marion uns strahlend und voller Stolz die gemeinsame Arbeit zeigte. Kislig hin, Kislig her – so klang es oft bei Tisch zu Hause. Wenn Marion von Frau Freytag, der Kindergärtnerin sprach, wurde ihre Stimme ganz weich, als spräche sie von einer Fee.

Beurteilung der Therapeutin A. M. Kislig vom Juli 1996

Körperliche Entwicklung und Gesundheitszustand

Marion, 7-jährig, ist ein hübsches, langhaariges Mädchen, immer sehr geschmackvoll und lieblich angezogen. Sie ist 1.10 Meter gross und 21 Kilogramm schwer. Marion hatte im vergangenen Jahr einen Wachstumsschub und hat dabei zwei Kilogramm zugenommen. Ihr Gesundheitszustand zwischen Weihnachten und Frühling 1996 war bedenklich. Eine erneute Operation allfälliger Verengung und Ablagerung der Herz-Kreislauf-Arterie wurde in Betracht gezogen, jedoch wieder fallen gelassen, da es ihr nach den Voruntersuchungen bereits wieder besser ging. Marion nimmt momentan täglich fünf Herztabletten (Inderal 10 mg) zu sich. In Schwächemomenten zeigt sie Symptome bläulicher Lippen bis zu Kreislaufstörungen oder Kollapsen, bei denen sie umfallen kann, was jedoch im Kindergarten kaum vorkam. Manchmal ist sie aber nur müde und nicht «zwäg». Marion ist in regelmässiger ärztlicher Kontrolle.

Wahrnehmung

<u>Tasten:</u> Vor unbekannten Materialien schreckt Marion oft zurück, lässt sich danach von mir zum Tasten führen und verliert die «Angst». Beim Backen macht sie freudig mit und berührt dabei allerlei Zutaten. Gerne wäscht sie nach diversen Tasterfahrungen sofort ihre Hände. <u>Geschmack:</u> Die Backzutaten nimmt sie gerne in den Mund, fragt während dem Backen immer wieder: «Döfi ässe?» <u>Hören:</u> Im Kindergarten ist oft «viel los». Marion schliesst dann gerne die Türe zum Kindergarten hin zu, wenn wir etwas im Garderobenvorraum/Küche arbeiten. <u>Sehen:</u>

Gut im Imitieren von Bewegungsabläufen im «Stübli». Erkennt Szenen auf Fotos und Zeichnungen wieder und benennt sie.

Sprache/Verständigung

Marion hat eine reiche Bandbreite sich auszudrücken; verbal (3-4 Wortsätze, z.B. «döfi dinne d'Schue abhalte?» oder, «muesch emal cho luege!»). Mimisch und gestisch hat sie differenzierte Ausdrucksmöglichkeiten. Im «Stübli» imitiert sie spontan Bewegungen und Spiele. Im Kontaktheft interessiert sie sich für die diversen Foto- und gezeichneten Einträge. Marion beginnt mit Sprache auszuprobieren, was geschieht, wenn sie etwas anderes sagt und will als ich oder die Kindergärtnerin oder die Mutter.

Selbstversorgung

Marion geht selbstständig zur Toilette, isst selbstständig und sehr schön mit der Gabel, zieht sich selber aus. Beim Anziehen hat sie noch Schwierigkeiten mit der richtigen Stelle der Kleider und auch der Schuhe. Klettverschluss-Schuhe handhabt sie selbstständig.

Verhalten in der Gruppe

Intensiver Kontakt zur Kindergärtnerin Frau Freytag und mir; in der ersten Hälfte des Jahres sass Marion immer neben mir im «Stübli». Im letzten Quartal begann sie auszuprobieren, ging hin und her und begann den Platz neben einem «Gspändli» zu bevorzugen, ohne jedoch den Kontakt zu mir ganz aufzugeben. Die Kinder aus ihrem Wohnquartier sind Marion sicht- und spürbar besser bekannt als die anderen Kinder. Marion wird aber auch von den anderen Kindern sehr gut akzeptiert und integriert. Sie macht bei vielen Aktionen mit, und schaut oft ab, wie es die andern Kinder machen. Sie liebt Singen und Singspiele. Jungen und Mädchen gegenüber behauptet sie sich lautstark, schimpfend oder gestikulierend, wenn sie sich störend in ihr Tun einmischen. Marion kann sich gut wehren. Manchmal benutzt sie dazu heftige Kraftausdrücke, die dann auch sehr *wohl zu ihrer Mimik passen. Sie beginnt sich aber auch bewusst zu werden, dass sie so nicht reden sollte und murmelt dann jeweils vor sich hin. Marion spielt sehr gerne in der «Puppenecke». Sie spielt dort für sich, lässt sich kaum auf gemeinsames Geschehen ein, ausser wenn ich mitspiele und strukturieren helfe. Körperliche Nähe lässt Marion gerne zu, sucht sie aber selbst nur indirekt, z.B. durch «Fangis-Spielen». Strahlend zeigt Marion den anderen Kindern ihr Kontaktheft oder andere Sachen, die sie gemacht hat. Sie bringt auch gerne das Gebackene auf einem Plateau ins «Stübli» hinein.*

Schlussbemerkungen
Marion wird ein drittes Jahr den Kindergarten besuchen, danach ist eine HPS-Einschulung geplant.

Doppeltaufe, 30. April 1995

Chris' Taufe stand mitten in der Vorbereitung, als Antonis auf einmal den Wunsch äusserte, Marion müsse mitgetauft werden. Seine Kleine solle, in ebenso feierlichem Rahmen, den Segen des griechisch-orthodoxen Papás bekommen. Als Marion dies hörte, freute sie sich wie närrisch auf das Tauffest. An diesem Tag sah sie bezaubernd aus in dem schneeweissen Rüschenkleid, das sie selbst ausgesucht hatte. Dazu trug sie weisse Söckchen mit Spitzen, weisse Schuhe und eine Schlaufe im Haar – sie sah aus wie ein Engel.

Unter lautem Glockengeläut betraten wir die Kirche. Im Arm trug ich Chris, mein Patenkind, den wir in ein Matrosengewand mit Kapitänsmütze gesteckt hatten. Auch er sah zum Fressen aus. Lili führte Marion an der Hand. Beim Anblick der grossen flackernden Kerzen, dem mystischen Gesang, verstummte die Kleine förmlich. Erst jetzt spürte sie, dass dies ein sehr wichtiger Tag war. Als Papa und Mama vor den griechischen Papás traten, verfolgte sie mit erfurchtsvollem Blick alles genauestens mit. Nachdem Chris jedoch anfing zu schreien, als der Pfarrer ihn ins Taufbecken eintauchte, wurde es Marion zu bunt. Lautstark fing sie an zu reklamieren, man solle ihren Bruder sofort wieder rausnehmen, was dann ja auch geschah. Mit einem Frottétuch half sie nun eifrig, ihren zappelnden Bruder abzutrocknen, was alle Anwesenden zum Lachen brachte. Diese Feierlichkeit, das Schmunzeln, der Gesang der Ministranten, Marions heftiger Protest, dies alles war reinstes Kino.

Als Grösi Marion zuflüsterte, sie wäre nun an der Reihe, von dem griechischen Papás mit etwas Wasser bespritzt zu werden, war sie alles andere als begeistert. Dies führte zu einer längeren Debatte zwischen dem Papás und den Eltern. Schliesslich einigte man sich darauf, bloss Marions Füsse zu segnen. Unter erneutem Gelächter der Gäste machten Dagi und Grösi den Versuch, Marion zu überreden. Es wäre doch so lieb, wenn sie ihre Füsse im Becken baden würde, der Papi würde sie dabei tragen und nachher mit ihr tanzen im «Sirtaki». Völlig entnervt entgegnete sie, dass ihre Füsse nicht schmutzig seien. Danach ging alles rasch. Papi hob Marion auf den Arm, Dagi zog ihr unter lautem Protest Schuhe und Socken aus und im Nu steckten die Füsschen im geweihten Wasser – einfach himmlisch. Für uns eine wunderbare Entschädigung für die traurige Nottaufe, die vor exakt sechs Jahren im Kinderspital Zürich stattgefunden hatte.

Die kirchliche Feier neigte sich dem Ende zu, im «Sirtaki» erwartete man uns bereits. Chris fielen fast die Augen zu und Marion blickte immer noch mit etwas Groll in die Welt. Doch kaum in der griechischen Taverna angelangt, vergass sie den Papás und ihren Ärger. Am Tisch war sie die Lauteste und legte einen Tanz nach dem andern mit Papa aufs Parkett. Chris war inzwischen eingeschlafen im Wagen. Selbst Marions lauter Gesang vermochte ihn nicht mehr zu stören. Und wir, wir waren einfach nur glücklich, zwei so süsse Kinder zu haben – so, wie sie eben waren.

Dies war wohl mit ein Grund, weshalb meine Schwester dieses Jahr mehrere Reisen unternahm. Nichtsdestotrotz galt alles, was sie tat, einzig und allein ihrem Mädchen. Zusammen mit ihrer Jugendfreundin Marlise reiste Dagi im Juli an die Costa del Sol. Und weil alles so schön war mit den Kindern, fuhr man gleich im Oktober wieder weg, diesmal in die Berge.

Doch alles der Reihe nach. Am Flughafen Malaga erwartete Marlise mit ihrer sechsjährigen Tochter Nina gespannt die Ankunft von Dagi und Marion. Nina, in weiss auf rot getupftem Flamenco-Kleid, erblickte Marion zuerst und huschte unter der Absperrung durch. Freudig wollte sie ihre Freundin empfangen, die, ihre Puppe fest an sich gedrückt, ziemlich geschafft aussah. Es folgte ein flüchtiger Begrüssungskuss, dann verliessen die vier den Flughafen schnellstmöglich, um nach Marbella zu kommen. «Endlich Ferien mit unseren Mädchen, fernab von Rummel, in einer privaten Anlage», freuten sich die Frauen. Aber Marion musste sich erst mal von den Reisestrapazen erholen. Wenngleich die Ärzte mit dem Shunt kein Problem sahen, so bedeutete dieser Flug doch eine ziemliche Belastung für Marion. Am nächsten Tag gab die Kleine bereits wieder den Ton an. Mit Schalk in den Augen und einem breiten Grinsen auf dem Gesicht steuerte das Hexchen den ganzen Tagesablauf. Welche Erleichterung! Endlich konnten die Ferien beginnen.

Durch das Schicksal ihrer Mütter waren Marion und Nina seit dem Babyalter befreundet. Wie Marion, hatte auch Nina eine leichte Behinderung (Mikrozephalie). Vermutliche Ursache dafür war eine sonst ungefährliche Infektion, an der die Mutter während der Schwangerschaft erkrankte. Nina und Marion ergänzten sich auf wunderbare Weise. So unterschiedlich die Mädchen in ihrem Aussehen waren (Marion blond, Nina dunkelbraun), so gegensätzlich war auch ihr Temperament. Marion fehlte es nicht an Ideen und spontanen Aktionen, die die Mütter auf Trab hielten. Stets war sie die Anstifterin und Nina liess sich von ihr leiten.

Am Abend des dritten Tages räumten Dagi und Marlise nach dem Essen das Geschirr vom Gartentisch in die Küche. Die Mädchen waren im Haus verschwunden, um zu spielen. Weil es verdächtig still war, sah Marlise nach und stieg die Treppe zum Schlafzimmer hoch. Auf den hellen Marmorstufen erblickte sie einige Haarschnipsel – dunkelbraune. Marlise dämmerte es noch nicht. Doch Dagi, die ihr folgte, stiess mit einem Mal ein lautes «Nein!» aus und rannte die restlichen Stufen hoch. Als sie sah, dass Ninas Haarpracht – bis auf die paar Schnipsel – intakt war, atmete sie befreit auf.

Es gäbe noch so manche Ferienerlebnisse zu erzählen. Immer heckte Marion was aus und Nina parierte noch so gerne. Sie sah ihre Freundin als völlig normal an und akzeptierte, dass Marion die Stärkere war. Eines hatten die Mädchen jedoch gemeinsam: Sie waren richtige Wassernixen.

Wie erwähnt, fuhren die Freundinnen im Oktober desselben Jahres mit den Kindern nach Zuoz. Diesmal nahmen sie auch ihre Jungs, Chris inzwischen einjährig, und Alessandro neunjährig, mit. Auf der Passhöhe des Juliers wurden Marions Lippen plötzlich ganz blau. Sie hielten an und stellten fest, dass der Höhenunterschied trotz Shunt-Operation und problemloser Flugreise für Marions Herz zuviel war. Also beeilten sie sich, schnell nach Zuoz zu kommen, das ca. 500 Meter tiefer lag. Aber Marions Zustand besserte sich nicht im Geringsten. Da halfen auch die niedlichen Zicklein, die hinter dem Hotel grasten, nichts. Die ganze Nacht über wachte Dagi an Marions Bett und tat kein Auge zu. Die Kleine lag im Halbschlaf auf dem Rücken, knirschte mit den Zähnen und quetschte Mamis Finger, bis sie schmerzten. Dagi hoffte einfach nur, dass es schnell Morgen würde und Chris nichts mitbekam. Um punkt acht, als die Praxis öffnete, gab sie einen «Hilferuf» an den Kinderarzt durch. Er riet ihr, möglichst schnell den Rückweg anzutreten. Und zwar mit höchster Vorsicht wegen der Höhenunterschiede.

Es war traumhaftes Herbstwetter, als die Frauen an diesem Morgen Zuoz mit Sack und Pack wieder verliessen. Den ersten Stopp legten sie am St. Moritzer See ein. Dagi setzte Marion kurzerhand in den Kinderwagen von Chris. Den Kleinen trugen sie abwechslungsweise auf den Schultern um den See. Keines der Kinder hatte an diesem Tag gejammert oder gequängelt. Intuitiv mussten sie gespürt haben, dass es an diesem Tag ernst stand um Marion. So ging die Fahrt etappenweise weiter, bis sie schliesslich die Talsohle erreichten und es Marion zusehends besser ging. Abends gegen sieben trafen sie endlich zu Hause ein, erschöpft und niedergeschlagen. Von diesem Tag an ging Dagi mit Marion nie mehr weiter in die Berge als bis Wildhaus-Oberdorf, das 1230 Meter über Meer liegt.

Quipi

Kindergartenjahr 1996/97

Je näher Marions Einschulung rückte, desto deutlicher wurde, dass sowohl Sprache als auch Feinmotorik gefördert werden musste. Dagis erster Schritt führte daher direkt nach Jonen, zur heilpädagogischen Reitschule von Karin Weber. Marions Therapieziel war die Hand-Auge-Koordination, Förderung ihrer Motorik sowie das gezielte Training von Gleichgewichts- und Stützreaktion. Diese Stunden sollten nebst Schwimmen, Tauchen und Singen das Liebste und Wichtigste in Marions Leben werden. Die wöchentliche Begegnung zwischen ihr und «Quipi», so hiess das Therapie-Pferd, war die reinste Wohltat für unsere Seele. Da gab es so viele Gefühle von Marion zu sehen und zu spüren, es war pures Glück für uns. Meistens hielt sich Quipi auf der Weide auf, manchmal auch im Stall, wo dann eine heftige Begrüssung stattfand, bis Karin ihn losband und er Marion beschnuppern durfte. Das passte unserem Mädchen aber gar nicht, denn anfangs hatte sie noch grossen Respekt vor dem Isländer. Sie rannte dann jeweils laut kreischend aus dem Stall und rief: «Chum Quipi, fang mi doch!» Das tat sie übrigens mit fast allen Vierbeinern – zuerst spielen, zeukeln und dann wegrennen. Sobald sich der Hund, das Zicklein oder die Kuh in ihre Richtung bewegte, rannte sie in Deckung und lachte sich krumm. Ein Spiel, von dem wir bis heute nicht wissen, ob sie tatsächlich Angst hatte oder sich nur amüsierte.

Anfangs durfte Marion Quipis Mähne bürsten, während sie auf dessen Rücken herumgeführt wurde. Später musste sie ihn zuerst putzen, bevor sie reiten durfte. Wobei die Kleine oft lautstark fluchte, wenn die Hufe herausgekratzt werden mussten. Mit der Zeit wurde sie aber immer vertrauter mit Quipi und verlor die Angst vor ihm. Ihre Motorik und das Gleichgewichtsgefühl verbesserten sich mit jedem Monat. Ende der Saison 1996 vollbrachte Marion bereits die gewagtesten Zirkusnummern auf dem Rücken des Pferdes. Am liebsten natürlich, wenn viele Zuschauer dabei waren. Dann konnte sie den Applaus in vollen Zügen geniessen.

Irgendwann, am Tag X, begannen wir uns in Scheinsicherheit zu wiegen.

Austrittsbericht von Marions Logopädin
J. Pfalzgraf, Stallikon 1997

Motivation

Marion wurde von der Mutter, meist in Begleitung des jüngeren Bruders Chris, in die Logopädie gebracht. Sie verabschiedete sich dann sehr herzlich von Mutter und Bruder und liess sich meist unbeschwert auf die Logopädiestunde mit mir ein.

Sprachliche Förderung

Anfänglich stand die handlungsorientierte Therapie im Vordergrund. Bananenmilch herstellen, Wandtafelputzen und neu bemalen, Samichlausfigur kleisten. Bei der Versprachlichung ins Heft führte sie mit Kritzelbewegungen symbolisch den Wortlaut dazu. Bei klarer Aufforderung etwas nachzumachen, etwas zu repetieren verweigerte Marion die Imitation. Rhythmisieren und Singen machten Marion jedoch grossen Spass und ermöglichten ihr einen Zugang zur klaren Strukturierung von Satz und Wort. Auch übernahm sie dann die übertriebene, akzentuierte Aussprache, was die Deutlichkeit sowie Verständlichkeit ihrer Artikulation verbesserte. Dazu schaute sie gebannt auf den Mund und übernahm so mehrsilbige Wörter (Ra-vi-o-li). Hingegen bei eingeschliffenen, alten Sprechmustern, z.B. der Name einer Mitschülerin «Ella», liess sie nicht durch den Viersilber Ma-ri-el-la, ersetzen. Eine besondere Vorliebe entwickelte

Marion für das Sprechen auf der schaukelnden Strickleiter. Das
Hin und Her regte die Interaktion in der Kommunikation an.
Später fanden vermehrt Rollenspiele statt. Kasperlitheater, Verkäuferle. Beim Verkäuferle konnte sie längere Handlungsabfolgen
einhalten. Laden öffnen, begrüssen, Bestellung aufnehmen, Ware
zusammenstellen, mit Geld hantieren, Ware herausgeben, verabschieden, Laden schliessen. Marion übernahm gern die Rolle der
Verkäuferin, war jedoch vom Rollentausch nicht sehr begeistert.
Die Bedeutung des Geldes hat sie noch nicht erfasst.

Anwendung der Sprache
Phonetisch-phonologische Ebene
Die Sprache wirkt verwaschen. R- wird ausgelassen oder ersetzt:
Cho-b, B-ugg, Lössli, Lauch.

Semantisch-lexikalische Ebene
Drei- bis Vierwortsätze.
Therapeutin: Was händ ihr gmacht?
Marion: «Bi Giecheland gange.»
Therapeutin: Wer isch mitcho?
Marion: «Papi-Mami-Chis.»
Therapeutin: Wo liegt der Ball?
Marion: «Bode, Tisch.»
Artikel und Präpositionen werden noch ausgelassen.
Vergangenheitsformen werden teilweise, jedoch noch nicht in der
korrekten Form angewendet. z.B.
«Ha Hus glueget.»
«Isch tod, isch gschtobet.»
« Han ich badet gha.»

Pragmatisch-kommunikative Ebene
Marion kann Sprache einsetzen. Gestik und Mimik benützt
sie häufig. Wenn sie unzufrieden ist, sich ärgert, drückt sie dies
mit Schimpfwörtern aus, die sie vor sich hermurmelt. Ebenso
direkt zeigt sie ein frohes, lachendes Gesicht, wenn sie zufrieden

und glücklich ist. Ich habe sehr gerne mit Marion zusammen-
gearbeitet und wünsche ihr in der Heilpädagogischen Schule
alles Gute und viel Erfolg.

Schuljahr 1997/98
Heilpädagogische Schule Affoltern a. A.

Zahllose Türen, Stockwerke, fremde Gesichter – dies alles
bedeutete, abgesehen von der Schar kämpfender, lärmender Kinder, für Marion eine gewaltige Herausforderung.
Sie hatte da ganz schön viel zu verkraften in diesem neuen
Lebensabschnitt. Hinzu kam, dass niemand anwesend war,
bei dem sie sich hätte anlehnen oder mitteilen können. Dies
machte unser Mädchen zu Anfang recht traurig und konfus.
Zu Hause wurde sie ja mit viel Liebe, Wärme und Aufmerk-
samkeit überschüttet. Das heisst aber nicht, dass Marion un-
selbstständig war. Auf Fremdes und Neues reagierte sie seit
jeher mit Verunsicherung, Scheu und Skepsis.

Dagi konnte nur hoffen, dass sich die Probleme legen
würden. Immerhin hatte sie sich nach langer, eingehender
Prüfung für die vielgerühmte Schule entschieden. Antonis
enthielt sich der Stimme im Bewusstsein, dass Dagi ohnehin
die beste Wahl treffen würde.

Jedenfalls entsprach diese Schule in etwa Dagis Wunsch-
vorstellung: Ein Mix von gesunden und behinderten Kindern im gleichen Schulhaus. Bisher hatte Marion allerdings
keinerlei Umgang mit behinderten Kindern gehabt, geschweige denn mit mehrfach behinderten. Dies wurde zu
einem echten Problem. Unser Mädchen reagierte mit Be-
fremdung, liess ihr Köpfchen hängen und sprach nur noch
das Nötigste. Hinzu kam der tägliche Stress mit dem Af-
foltener Schulbus. Dies bedeutete eine dreiviertelstündi-
ge Fahrt inmitten zankender und lärmender Kinder – ein
einziger Tumult. Beim Mittagstisch der Familie, die Marion

betreute (dies gehörte mit zum Schulkonzept), trieben die Kinder ständig Unfug mit Marion. Einmal kam die Kleine nach Hause und beklagte sich: «Mami, Bueb spinnt, macht mit Pistole phk ... phk mim Kopf.» Nun reichte es meiner Schwester. Ab sofort brachte sie Marion mit dem Auto zur Schule und holte sie zum Mittagessen nach Hause. Natürlich handelte es sich, wie auch die Mittagstisch-Mutter im Gespräch bezeugte, um eine harmlose Kinderpistole. Was das Ganze für Marion jedoch nicht weniger unangenehm machte.

Längerfristig musste eine Lösung gefunden werden. Auf die Dauer konnte Dagi den Weg unmöglich vier Mal täglich zurücklegen. Also kündigte man die Wohnung und zog, wenn auch mit gemischten Gefühlen, nach Affoltern am Albis, in ein Haus gleich neben der Schule.

Für uns brach eine wunderbare Zeit an. Marion hatte sich allmählich durchgesetzt in der Klasse und spielte am liebsten die «Betreuerin» von Olivia. Es war, als hätte dieses Mädchen im Rollstuhl Marions Beschützerinstinkt geweckt. Oft nahm sie der Lehrerin Aufgaben ab wie das Eingeben von Getränken und Znünibrot. Mit viel Hingabe wischte sie danach Olivias Mund ab.

Auch hatte Marion in Affoltern viele neue Freunde gewonnen, Nachbarskinder, die sie liebten wie sie war – voller Lebensfreude und frischem Humor. Sie sang Lieder in drei Sprachen, vornehmlich über die Mittagszeit, oft dann, wenn die Nachbarn gerne ihre Ruhe gehabt hätten. Nebst solcher Leidenschaften hatte Marion auch manch gute Eigenschaft. Eine davon war ihr Sinn für Hygiene. Schon von klein auf war ihr sehr wichtig gewesen, dass alles immer peinlichst sauber war. Dauernd wischte sie irgendwelche Tische und Stühle ab – mit vier war sie trocken, wusch sich stündlich die Hände mit Seife, wechselte verkleckste T-Shirts sofort, und vieles mehr. Die Kleine hatte alles unter Kontrolle. An den Füssen klebender Sand oder Grashalme zwischen den Zehen konnte sie überhaupt nicht leiden. Das machte sie richtig zappelig.

Was Marion jedoch heiss liebte, war das Wasser. Sie bewegte sich darin so wendig wie ein Fisch. Ihre eigene Stimme auf Tonband festzuhalten war für sie das Absolute. Die Technik des Aufnehmens, Abspielens und Löschens der Kassetten beherrschte sie aus dem Effeff. Singen und Fotos anschauen bis zum Gehtnichtmehr zählten ebenso zu ihren Lieblingsbeschäftigungen. Doch das allerwichtigste in Marions Leben wurde Quipi. Mit ihm hatte sie unendlich Geduld. Mit grossem Eifer bürstete sie seine Mähne, kratzte die Hufe aus und reinigte den Stall. Selbst bei Regenwetter streikte sie nicht. Bei allen anderen Tätigkeiten hatte unser Mädchen ja oft schon nach zehn Minuten die Nase voll. Dann flogen die Utensilien durch die Luft – Guetzli, Messer, Teig – alles!

Um sich ein besseres Bild von Marion machen zu können, erzähle ich folgende kleine Anekdote:

Wir sitzen im Auto vor geschlossener Barriere. Vor uns zufällig ein Behindertenbus, Kinder, die uns winken und ihre Nase an die Scheibe drücken. Grösi sagt: «He, Marion, winke den Kindern auch zu.» Marion schaut, lacht schelmisch und tippt sich mit dem Finger an die Stirn: «Sicher nicht, die sind alle balla balla!»

Welch ein Hammer! Unser kleines Balla-Balla-Mädchen sah sich selbst als nicht behindert. Wir waren sprachlos.

Inzwischen ging das «normale» Leben weiter. Antonis hatte den Umzug nach Affoltern allmählich verdaut. Es war sehr aufwändig für ihn, nun den weiten Weg nach Schlieren zu fahren, wo er seine Autowerkstatt hatte. Doch nichts war ihm zuviel, wenn es um seine Prinzessin ging. Marion und Papi waren längst ein unzertrennliches Paar geworden. Eine grosse, fast unerklärliche Liebe verband die beiden. Gemeinsam hörten sie griechische Musik, tanzten Sirtaki und kochten dazwischen Souvlaki oder Moussaka. Keinen Schritt tat sie ohne den Papa, wenn er zu Hause war. Von ihrem Wesen her war sie wahrhaftig eine Griechin.

Das Sirtaki Mädchen

Toroni 1997

Den Sommer verbrachte die Familie nun vermehrt in Griechenland. Das Hexchen liebte es, mit Antonis auf seinem schweren Motorrad durchs Dorf zu fahren oder mit dem Boot aufs Meer hinaus fischen zu gehen. An milden Abenden tanzten sie draussen auf der Terrasse Sirtaki.

Nicht selten musste man, wenn es Marion nicht gut ging, von einer Stunde auf die andere alles zusammenpacken und heimfliegen. Aber das gehörte jetzt zu unserem Leben und wir hatten uns längst an solche Situationen gewöhnt.

Mittlerweile war Papa überzeugt, dass Marion die Meeresluft und seine Heimat gut täten. Deshalb baute er ein Häuschen in der Region Chalkidiki, direkt am Strand. Diese Halbinsel im Norden Griechenlands war der nächstgelegene Küstenstreifen bei Thessaloniki, woher Antonis stammte. Wie erwähnt, fühlte sich Marion nirgends so wohl wie im Wasser. Sie konnte sich köstlich amüsieren, wenn im dunkelblauen, klaren Wasser Schwärme von winzigen Fischchen an ihr vorbeistoben. Um Mami einen Schreck einzujagen, tauchte das Lausemädchen erst wieder auf, wenn es absolut keine Puste mehr hatte und entsprechend blau war. Für uns ein Rätsel, wo sie trotz des schweren Herzfehlers all die Luft hernahm. Das spielerische Vergnügen, Mami und Papi so richtig Angst zu machen, spornte sie wohl zu dieser Höchstleistung an. Das war unsere Marion!

Blausuchtanfälle

Immer öfters fühlte sich Marion überfordert in der Schule. Solange sie Olivia (das Rollstuhlmädchen) päppeln durfte, war die Welt für sie in Ordnung. Wenn jedoch Frau Dubs Dinge von ihr verlangte, denen sie nicht gewachsen war, wurde die Kleine todtraurig und liess ihr Köpfchen hängen. Hinzu kam, dass ihr die Sauerstoffzufuhr und das Herz immer häufiger Probleme bereiteten. Erklären konnte sie sich ja schlecht. Für die Lehrerin war es deshalb oft schwierig, herauszuspüren, was der wahre Grund für Marions Verweigerung war. Sie verstand daher auch nicht, weshalb ihr Schützling während der Pause lieber im Klassenzimmer bleiben wollte. Nichts hätte Marion auf den Schulhof bewegt, zu gross war die Beklemmung, wenn sie an den Lärm und Tumult dachte.

Eines Tages kam ein Lehrer der heilpädagogischen Oberstufe und fragte Marion, ob er sie in die Pause begleiten dürfe. Und siehe da, das Hexchen nahm die Hand des Lehrers und fühlte sich sogleich sicher. Fortan hatte sie einen grossen Beschützer auf dem Pausenplatz. Als sich Marion schliesslich eingewöhnt hatte, konnte eine Oberstufenschülerin die Aufsicht übernehmen. Soviel ich weiss, wurde Marion heiss geliebt, weil sie so anders war.

Einmal allerdings, als Dagi beim Einkaufen im Dorf war, lief Marion von der Schule weg. Eine Nachbarin hörte, wie die Kleine beim Gartensitzplatz an das Türfenster hämmerte und nach Mami rief. «Komm zu mir, Marion», rief sie, «Mami ist nicht da.» Es dauerte ganze zwanzig Minuten, bis man Marions Fehlen in der Schule bemerkte und jemand auf die Suche schickte, der sie dann wieder zurückbrachte.

Als Dagi ihr Kind später abholte, hatte die Kleine dunkle Augenringe. Zu Hause wollte Marion weder mit den Kindern spielen noch ihre Kaninchen füttern und umsorgen. Also legte Mami ein Video ein und bettete Marion in ihre Arme. Während sie so auf dem Sofa kuschelten, drückte sie einmal mehr Mamas Finger, bis es wehtat. Doch Dagi biss die Zähne zusammen. Sie wusste, in solchen Augenblicken beruhigte das Quetschen der Finger Marion und half ihr, den

Schmerz, der das Herz verursachte, besser zu ertragen.

Im Laufe dieses Jahres häuften sich Marions Blausuchtanfälle zusehends. Es kam schon mal vor, dass Dagi während eines Wochenendes die Notfallstation des Kinderspitals aufsuchen musste. Irgendwann befanden die Ärzte, dass ein zweiter, möglicherweise grösserer Shunt, Marions Lebensqualität verbessern könnte. Dagi spürte, wie die Kleine, die ja wohl kaum sehr viel von dem medizinischen Gespräch verstand, sogleich auf Abwehr schaltete. Auf dem Nachhauseweg im Auto tönte es immer wieder vom Rücksitz: «Kei Spital …, kei Spital …, gäll Mami, kei Spital …»

Dass unser Mädchen allmählich die Nase voll hatte von Ärzten und Untersuchen, war nur allzu verständlich. Lange Zeit war Dagi deshalb hin- und hergerissen zwischen dem, was die Ärzte rieten und dem, was für Marion das Beste wäre. Unterdessen hatten die Kardiologen Marions Tablettendosis heraufgesetzt, wodurch sich die Blausuchtanfälle deutlich verringerten. Schliesslich hörte Dagi auf ihren Mutterinstinkt und entschied, die Operation so lange als möglich hinauszuschieben.

Erstes Schuljahr 1997/98

Bericht der heilpädagogischen Lehrerin I. Dubs

Gegenwärtige schulische Situation

Im Sommer 97 ist Marion in unsere Schule eingetreten. Gemeinsam mit ihr ist Donatella in die Gruppe eingetreten. Marion kann sich sprachlich sehr gut ausdrücken und hat in der Gruppe schnell ihren Platz gefunden. Vor Donatellas Ausbrüchen fürchtet sie sich und wie alle Mädchen ist sie ihr in diesen Situationen völlig ausgeliefert. Auf dem Pausenplatz machten ihr die vielen Kinder Angst. Das hat sich im Laufe des Jahres jedoch gelegt. Oft fühlt sich Marion nur sicher, wenn eine erwachsene Per-

son zugegen ist. Ich versuche dem entgegen zu wirken, indem ich Marion einem Mädchen der HPS-Oberstufe anvertraue. Christina kümmert sich bestens um Marion und diese scheint unsere Vereinbarung langsam zu akzeptieren.

Beziehungsfähigkeit / Verhalten in der Gruppe

Marion ist in der Gruppe oft die Beobachtende, die sich dann plötzlich dazugesellen kann, wenn sie es für richtig findet. Marion hat zu allen Mädchen eine herzliche Beziehung, die je nachdem intensiver oder distanzierter sein kann.

Körperliche Entwicklung und Gesundheitszustand

Marion ist ein hübsches, fröhliches Mädchen. Sie ist immer sehr geschmackvoll und zeitgemäss angezogen. Sie sollte nicht mehr zunehmen, sie ist in dem Sinn nicht dick, doch pummelig. Marion hat ihre Tablettendosis erhöhen müssen. Die Mutter versucht so die anstehende, erneute Shunt-Operation zu umgehen. In Schwächemomenten zeigt Marion als Symptome bläuliche Lippen bis zu Kreislaufstörungen. In der Schule setzt sie sich dann hin und ruht sich aus. Im Spiel, zum Beispiel während den Turnstunden, merkt sie die Überforderung nicht und man muss sie stoppen. Marion ist regelmässig in ärztlicher Kontrolle und auf Wunsch der Mutter und des Arztes habe ich mit dem Kinderarzt Kontakt aufgenommen.

Wahrnehmung

<u>Körperwahrnehmung:</u> Marion nimmt ihren Körper gut wahr. Es stört sie beispielsweise, wenn an ihren Socken etwas nicht stimmt. Marion geniesst feine Berührungen. <u>Gleichgewicht:</u> Marion übt sich im Klettern, ist aber immer noch vorsichtig, wenn sie sich in die Höhe begeben sollte. <u>Hören (auditiv):</u> Sie hat es nicht gern, wenn es zu laut ist. Die Pause würde sie am liebsten im Schulzimmer hinter den Fensterscheiben verbringen in sicherer Entfernung von Lärm und unberechenbaren Situationen. <u>Sehen (visuell):</u> Marion kann sehr gut beobachten und imitieren.

Sie erkennt verschiedene Formen und kennt die Grundfarben. _Augen-Hand-Koordination:_ Marion kann gut mit dem Messer umgehen. Mit der Schere kann sie einen Strich nachschneiden, ist man jedoch unaufmerksam, verliert sie sich im Hantieren und zerschnipselt ihre Arbeit in kleinste Teile. _Speichern und Reproduzieren von zeitlichen Abläufen:_ Marion kann sich in der nahen Vergangenheit und Zukunft bewegen. Das heisst, sie kennt die Bedeutung von gestern oder letztes Jahr.

Denken, kulturelle Lernfelder

Marion kann Situationen und Personen auf Bildern erkennen. Sie erkennt durch die Schriftbilder die Mädchen unserer Klasse. Marion kann kombinieren und umschreiben. Beispiel: Marion soll den Körper einer Katze zeichnen. Ich gebe verbal Hilfestellung und umschreibe den Körper mit rund und mache die entsprechende Bewegung dazu. Marion meint dazu: «Meinsch du en Kreis.» _Kulturtechniken:_ Rechnen, Lesen und Schreiben: Marion kann bis 10 zählen. Sie interessiert sich noch nicht für geschriebene Zahlen. Sie kann ein zu eins zuordnen. D.h. Tisch decken mit Hilfe eines Sets. Sie beginnt einzelne Buchstaben zu erkennen.

Gefühle, Wesensart und Selbstvertrauen

Marions Grundstimmung ist meist fröhlich. Sie hat jeweils Mühe, sich am Morgen von ihrer Mutter zu lösen, zu der sie eine starke Gefühlsbindung hat. Dies ist jedoch mit der Zeit viel einfacher geworden. Sie versucht auch auszuprobieren, was sie bewirken kann. Sie kann fürchterlich und herzzerbrechend weinen, wenn ihre Mutter sich auf den Nachhauseweg macht. Alle Umstehenden haben grosses Erbarmen mit dem armen Kind. Im Schulhausgang sage ich zu Marion: «Ich finde, du machst ein Riesentheater!» Sie schaut mich verschmitzt durch ihren Tränenschleier an und lacht.

Sprache und Verständigung

Marion kann sich in kurzen Sätzen verständlich machen. Sie hat zwei Stunden pro Woche Logopädie bei Frau Christina Art.

Bewegung

Marion hat Freude an der Bewegung, sie schwimmt sehr gerne. Sie kann das Lernschwimmbecken tauchend und schwimmend selbstständig durchqueren. Sie übt und experimentiert mit Schere, Leim und Stiften. Sie liebt es Papier zu zerschnipseln.

Selbstversorgung

Marion geht selbstständig zur Toilette. Sie kann sich allein an- und ausziehen, falls sie will. Ist sie nicht in Stimmung, d.h. nach dem Schwimmen, kann sie sich dafür sehr viel Zeit nehmen. Marion kann selbstständig mit Messer und Gabel essen.

Kreativität, Gestalten und Spiel

Mit Wasserfarben malt Marion sehr gern phantasievolle, abstrakte Bilder. Sie malt auch gerne aus, wobei sie sich dann oft vergisst und am Schluss alles dunkel übermalt ist. Marion singt und musiziert sehr gern. Sie kennt sehr viele Lieder und singt den Text mit. In der Rhythmik ist sie oft beobachtend und sie muss immer wieder dazu motiviert werden mitzumachen. Hat man sie jedoch erreicht, ist sie mit Freude dabei. Marion ist hoch motiviert, wenn etwas mit Essen zu tun hat. Ist die Handlung jedoch eher im abstrakten Bereich und nicht mehr so schön verpackt, braucht es viel Überzeugungskraft sie zum Handeln zu bringen.

Was der Himmel erlaubt

Da wir ja nun distanzmässig weiter von einander entfernt lebten, sah ich Marion nicht mehr so häufig. Dafür schnappte sie ihrer Mami jedesmal den Hörer weg, wenn wir miteinander telefonierten. Meistens geschah dies abends, wenn ich vom Job nach Hause kam.

«Veni, döfi dir cho …, döfi dir cho, Veni …», klang es mit Engelsstimme durch die Leitung.

«Schatz das geht nicht, Vreni ist weit weg.»

«Döfi dir cho …, döfi dir cho, Veni …», klang es nonstop weiter wie von einer defekten Schallplatte.

Inzwischen hatte Dagi den Hörer wieder an sich genommen. Sie lachte, so, wie sie das immer tat. Doch mir brannte das Herz. Und während wir weiter redeten, lachte Dagi wieder: «Nein, schau, die Süsse stopft ihren Pyjama und ein Märchenbuch in den Rucksack!»

Ich verspürte einen Stich und wir plapperten weiter.

«Oh, jetzt kommt sie mit angezogenen Stiefeli daher …», staunte Dagi. Im Hintergrund vernahm ich die Engelsstimme, die sagte: «Döfi Veni gah …, döfi Veni gah …»

So ging das immer weiter, bis ich nicht mehr anders konnte, mich ins Auto setzte und nach Affoltern fuhr, um Marion zu holen. Natürlich ging das nur tagsüber oder wenn Franz auf Auslandreise war. Kaum lag sie in unserem Bett, wollte sie wieder nach Hause. Nein, nicht gleich sofort. Zuerst kostete sie meine Gutenachtgeschichten aus, liess mich Fotoalben heranschleppen, sich die Beine massieren – gelegentlich nahm sie vorher auch ein warmes Bad – oder wir buken eine Pizza zusammen. Und urplötzlich konnte sie mit scheinheiligem Augenaufschlag fragen: «Wo isch Mami …, wo isch Mami …?» Danach wusste ich, dass es nur eine Frage der Zeit war, bis ich Marion wieder nach Hause bringen musste. Sofern die Kleine überhaupt jemals einschlief, knirschte sie mitten in der Nacht mit den Zähnen, warf Arme und Beine unkontrolliert um sich – bis sie schliesslich aufrecht sass im Bett: «Wo isch Mami …, wo isch Mami …?» Ein Zeichen, dass Marions Herz wieder einmal verkehrt schlug und das arme Kind sowas wie Todesangst verspürte.

In solchen Momenten war ich oft verzweifelt und wusste

kaum noch, was ich tun sollte. Dagi konnte ich um diese Zeit nicht wecken, und beunruhigen wollte ich sie schon gar nicht. Also blieb nichts anderes übrig, als Marion einen ihrer Bändel in die Hand zu drücken. Damit konnte sie sich vom Schmerz ablenken, während ich ihr die Beine massierte. Oft nahm sie auch meine Finger und drückte sie fest, bis der Kampf vorbei war und sich die Herzkontraktion wieder eingependelt hatte.

Dieser Zustand konnte häufig bis zu einer Stunde andauern. Unterdessen wurde ich halb krank vor Angst. Manchmal verspürte ich auch Wut über die eigene Machtlosigkeit – oder den Herrgott, der all dies zuliess. Kaum sprang Marion wieder im Haus umher, war alles vergessen. So ging das oft mit uns – ein Albtraum ohne Ende.

Winter 1997

Von klein auf verbrachten wir unsere Winterferien in Wildhaus. Diese Familientradition hatte Dagi mit ihren Kindern übernommen. Jedes Jahr mietete sie ein Chalet nahe der Skipiste. Zuerst zog sie die Kleinen auf dem Schlitten durchs Dorf, später, sauste sie mit Marion auf Skiern den Hang hinunter. Die Kleine liebte es heiss, eingeklemmt zwischen Mamis Beinen, die Piste hinunter zu schlittern. Unter Gesang und Gelächter, versteht sich, «De äne am Begli de staht ä wissi Geiss …»

Inzwischen vermochte Dagi die nun 8-jährige, grösser gewordene Marion aber nicht mehr zwischen den Beinen zu lenken. Deshalb suchte sie eine Skilehrerin, die ausgebildet war, behinderten Kindern das Skifahren beizubringen. Marion passte das gar nicht. Sie bockte massiv, weil das Skilaufen nun keine Spielerei mehr war, sondern eine ernste Sache. «Scheisse, Chis», rief sie, wenn sie mit gestemmten Skiern den Hang hinunterrutschte. Chris sah dem Ganzen mit grosser Ernsthaftigkeit zu. Seit dem Tag, als er die ersten Schritte machte, waren die beiden Geschwister ein Herz und eine Seele. Er konnte es daher nicht ertragen, Marion ängstlich oder unzufrieden zu sehen. Und schon gar nicht, wenn ihr auf dem Spielplatz Unrecht geschah. Oft kamen die beiden dann Hand in Hand angewackelt und Chris klagte Mami, dass jemand Marion geschubst hätte. Umgekehrt beschützte und umsorgte Marion ihren Bruder wie ein Mütterchen. Wehe dem, der Chris ein Haar krümmen wollte.

Jahr für Jahr wurde es aber lockerer mit dem Skiunterricht. Als Chris die ersten Brettchen angeschnallt bekam, ging das «Käferfest» so richtig los. Es herrschte ein einziges Gelächter mit lautem Gesang die Piste hinunter. Am Wochenende, wenn Papi für gewöhnlich hinzukam, gings meistens sehr turbulent zu im Chalet. Natürlich wünschte sich Marion, dass er ihr Leibgericht, griechische Fleischbällchen mit Pommes frites, zubereitete. Zwar wollte sie Papi unbedingt helfen in der Küche, fluchte aber jedesmal leise vor sich hin, wenn sie das Brät kneten musste. Dazwischen folgte ein griechisches Lumpenlied dem anderen. Zum Finale tanzte Marion mit Papi durch die Stube. So lange, bis Dagi sie stoppen musste, weil das Lausemädchen ganz rot wurde im Gesicht und die Überforderung nicht bemerkte.

In diesem Winter weinten die Kinder einmal bittere Tränen. Schuld dafür trug Mami, der das Ganze heute noch sehr leid tut. Eines abends, in Affoltern, als sie Grösi nach Hause fahren wollte, entschied Dagi, die Kinder allein in der Wohnung zu lassen. Die beiden sassen so zufrieden und brav vor dem Fernseher, sahen sich «Mogli, das Dschungelkind» an. Dagi wollte ihnen nicht zumuten, für die kurze Autofahrt von zwanzig Minuten ihre Stiefelchen und Winterjacken anzuziehen. Andererseits wusste sie aber auch, dass sie die Kinder nicht unbeaufsichtigt lassen sollte. Als Grösi und sie schliesslich aus der Garage fuhren, hatten beide ein ungutes Gefühl.

Unterwegs kam ihnen die Idee, dass Grösi gleich nach der Ankunft die Kinder anrufen würde, um sie abzulenken. Also wählte Grösi die Nummer von Affoltern. Niemand meldete sich. Was war da los? Für gewöhnlich kam Marion ihrer Mami sogar zuvor, wenn das Telefon läutete.

Unterdessen traf Dagi zu Hause in der Tiefgarage ein. Mit schlechtem Gewissen liess sie die Wagentür zufallen und eilte zum Treppenhaus. Als sie die Tür öffnete, glaubte sie, sich zu verhören.

«Maami …, Maami …, riefen ihre Kinder halb flötend, halb schreiend.

Chris und Marion im Halbdunkel auf dem Treppenabsatz sitzen zu sehen, brachte sie an den Rand eines Nervenzusammenbruchs.

«Um Gottes Willen, was habe ich euch gesagt», fuhr sie die Kinder an. «Ihr wisst doch, dass ihr nicht aus der Wohnung weglaufen dürft!», schrie sie nun.

Marions Mundwinkel begannen zu zucken, dann heulte sie herzzerreissend los. Es schüttelte sie richtiggehend. Auch Chris liefen nun dicke Tränen über die Wangen. Hastig brachte Dagi die Kinder in die Wohnung zurück. Als die Tür hinter ihr zufiel, heulte sie mit, so leid tat ihr alles. Marion konnte sich vor Erschütterung kaum mehr erholen. Zwar hatte die Kleine ab und zu mal Schelte bekommen von Mami, doch in dieser groben Art noch nie. Völlig am Boden zerstört schloss meine Schwester die Kinder in die Arme, wiegte und tröstete sie. Dann versuchte sie ihnen zu erklären, weshalb Mami so überreagiert hatte. Sie sagte, dass sie grosse Angst gehabt habe, es könnte ihnen etwas zustossen.

Von diesem Tag an liess Dagi die Kinder nie wieder unbeaufsichtigt in der Wohnung.

Tags darauf stand zum Glück Quipi auf dem Programm. Kaum von der Schule zuhause, sang Marion bereits in den höchsten Tönen: «Quipii, ich chumä …, gömer Stall.» Quipi gab Marion mit seiner Ruhe viel Sicherheit und Vertrauen. Sie liebte es, bei der Begrüssung seine Stirn zu kraulen. »Hoi, Quipi …, hoi, wie gahts …?«, fragte sie ihn immer und immer wieder. Wenn er sie anstupfte, umschlang sie seinen Hals. Doch bevor sie ihn losbinden durfte, musste erst der Stall gemistet werden. Während des Putzens sprach sie munter weiter mit ihm und erklärte fortlaufend, was sie gerade tat – zuckersüss! Auch zwischen ihr und Karin Weber, der Therapeutin, bestand ein inniges Verhältnis.

Ein Mail von Karin Weber, Fliederhof, 23. Juni 2008

In der Erinnerung höre ich jetzt noch Marion laut und freudig schon von weitem, wenn sie auf den Stall zugelaufen kam, «Quipi» rufen. Marion hat den Körperkontakt zu Quipi gerne gesucht und sehr genossen. Besonders auf seinem Rücken sitzend hat sie sich gerne vornüber gebeugt und ihn umarmt und den Kopf in seine Mähne gelegt. Stolz sass sie auf Quipi und freute sich darüber, dass sie die Grösste war, und lachend konnte sie auf uns herunterschauen. Marion war immer sehr interessiert, wie es Quipi geht und hat sich oft direkt an Quipi gewandt und ihn darauf angesprochen.

Marion hat über Quipi auch meinen Lebenspartner Remo ins Herz geschlossen, als sie erfahren hat, dass Quipi auch Remos Liebling sei. Sie wollte jedoch oft Quipi ganz klar für sich alleine haben. Es war IHR Quipi. Marion war mit Quipi sicher tief verbunden … eine innige Freundschaft, wo sich Marion sehr «getragen» fühlte. Quipi gab ihr mit seiner Ruhe Sicherheit und Vertrauen. Marion liebte es, wenn er etwas an Tempo zulegte … schön langsam und dann immer etwas schneller! Marion war ein rundum glückliches Mädchen und die Freundschaft, die sie mit Quipi hatte, hat uns alle, die wir daran teilhaben durften, sehr bereichert.

Frühling 1998, 9-jährig

In Affoltern kam immer mehr Leben in die Bude. Zwei neue Kinder, Angi und Daniel, zogen im Frühjahr mit ihrer Mutter im obersten Stock ein. Fortan hatten Marion und Chris, nebst Philipp, der bereits zur Familie gehörte, mit Angi ein neues «Gspändli». Auch die beiden Frauen verstanden sich auf Anhieb gut. Mit der Zeit fingen sie an, sich zu organisieren. Einmal hütete Angis Mutter die Kinder, ein anderes Mal Dagi. So hatten beide etwas mehr Zeit für sich selbst.

Wenn ich nun zu Besuch kam, traf ich die Kinder meistens mit einem Kassettenrecorder und dem Mikrofon in der Hand beim Singen. Natürlich musste auch meine Stimme sogleich auf Band festgehalten werden. Marion dirigierte alles und jeden herum, doch dies störte keine Menschenseele. Sie sang so inbrünstig, war voller Ulk, dass sie die Kinder rundum ansteckte mit ihrer Lebensfreude. Dafür liebten sie sie.

Oft konnten Dagi und ich kaum ein Wort miteinander reden, geschweige denn Kaffee trinken. Marion nahm mich meist umgehend in Beschlag. Hiernach wollte sie ihren Kameraden demonstrieren, wie gut ich Rotkäppchen und den bösen Wolf nachahmen konnte. Während sich Marion kugelte vor Lachen, wenn der Wolf brummte: «... damit ich dich besser ... packen kann!», hing Angi wie gebannt an meinen Lippen. Die beiden Jungs schmunzelten.

Wenn das Wetter schön war, spielten die Knirpse Fussball auf der Wiese vor dem Haus. Die Mädchen sahen ihnen dann gerne von der Schaukel aus zu. Philipp war klein und feingliedrig gebaut, dafür sehr wendig und schnell beim Spiel. Schon damals hielt er die Bälle, die auf sein Tor zuflogen, mit Links. Später sollte er sein Talent ins Eishockey einbringen. Mit Marion lachte und alberte er viel herum. Kein Wunder, dass der kleine Torhüter anfing, sie zu verteidigen auf dem Spielplatz. Damit hatte Marion, nebst Chris, also einen zweiten Beschützer.

Natürlich war da noch Papi. Doch der schlief sonntags immer so lange. Marion wusste genau, dass sie die Türklinke nicht drücken und zu ihm ans Bett gehen durfte. Das hatte ihr Mama beigebracht. Also sang sie draussen im Garten vor Antonis Fenster: «Papi ufstah.., Papi göme fut …, göme Auto, Maion Chis a schnalle …, aschnalle …, aschnalle».

Wenn sich nichts rührte am Fenster, steigerte sie kontinuierlich die Lautstärke. Bis es der einen Nachbarin, die ihr Sonntagsfrühstück in Ruhe geniessen wollte, zuviel wurde und sie vom Sitzplatz her rief: «Marion, halt endlich mal die Gosche.»

Wenn Papi dann auf war, unternahm er meistens einen Ausflug mit den Kindern. Oft fuhren sie zum Türlersee oder in einen nahegelegenen Tierpark. Neuerdings gesellten sich auch Philipp und sein Vater dazu. Mit der Zeit wurde die Schar immer grösser und auch Angi durfte mitfahren. Bald waren die Väter Kumpel geworden und man fing an, in Antonis' Garten griechische Feste zu feiern. Antonis liebte es, seine Gäste zu bekochen und zu bewirten. Auch Dagi, die von Natur aus ausgesprochen gesellig und gastfreundlich war, wurde von allen Hausbewohnern und Nachbarn geliebt. Ganz zu schweigen davon, wie sehr sie alle Marions «Anderssein» genossen. Der Zusammenhalt innerhalb der Gemeinschaft wurde gestärkt, die Aggressionen der Kinder gesenkt und die Hilfsbereitschaft untereinander war enorm. Ungewollt fingen die Knirpse an, sich zu verstehen und miteinander zu leben. Auch lernten sie Marions offensichtliche Grenzen und Schwächen kennen. Man hatte fast das Gefühl, dass die Kinder zu Marion eine stärkere emotionale Bindung hatten als untereinander selbst. Im Übrigen hat sie Chris, Angi und Philipp gelehrt zuzulassen, dass sie das tun konnte, was in ihrem Potenzial lag.

Dumme Tante, arme Marion

Wer kennt nicht die mobilen Toiletten, die ihren Standplatz oft neben Imbissbuden, Zirkuszelten oder ähnlichen Orten haben. Die Frischwasserspülung sorgt nach jeder Benutzung ganz automatisch für optimale Sauberkeit, sobald die Toilette verlassen wird.

An einem schönen Tag im Juni wollte ich Marion etwas ganz Besonderes bieten, was mir übrigens hervorragend gelang ...! Zusammen mit Grösi fuhren wir nach Oberglatt, wo es nahe der Flughafen-Landepiste einen Zuschauerparkplatz gab. Unterwegs erzählte ich Marion von den grossen Flugzeugen, die direkt vor uns auf dem Boden aufsetzen würden. Sie verdrehte bloss die Augen und schmunzelte in den Rückspiegel. Das tat sie immer, wenn sie verlegen war oder nur «Bahnhof» verstand. Als wir aus dem Wagen stiegen, rief sie sogleich: «Wo isch Flugzüg, Veni ..., wo?»

Ich sah zum Himmel und konnte die Positionslampen einer Maschine im Landeanflug ausmachen. «Schau, da, Marion ..., da kommt eines!»

«Ui, uiui, Scheisse ...!», rief sie, als die Maschine dröhnend über uns hinwegsetzte. Ungefähr alle drei bis vier Minuten wiederholte sich dieses Spektakel. Etwas unheimlich war ihr schon dabei. Während sich Grösi und Marion auf eine Aussichtsbank setzten, holte ich Eistee und Bratwurst von der Imbissbude. Inmitten des Essens stupfte die Kleine Mama an: «Du, Gösi, mues WC gah ...»

Ich nahm Marion bei der Hand und führte sie zu der Eingangs erwähnten mobilen Toilette, die etwas abseits der Bude stand. Als sich die Drehtür endlich öffnete und eine Frau hinaustrat, drängte sich Marion sogleich an ihr vorbei. Ich entschuldigte mich bei der Dame, schlüpfte mit in die Toilette und wollte die Tür schliessen. Doch dieses Ding bewegte sich keinen Millimeter. «Irgendwas stimmt da nicht», dachte ich.

«Warte Marion, gleich haben wir's!»

Ich trat noch einmal vor die Kabine und las die Instruktionen. In dem Augenblick schloss sich die Tür automatisch. Es gelang mir nicht mehr, hineinzuschlüpfen. Ich hörte nur noch ein Rumpeln, Spülen – wie in einer Autowaschanlage – und Marions verzweifelten Schrei: «Veeni!»

Eine Swissair MD11 donnerte gerade über uns hinweg auf die Piste. Hilfesuchend warf ich einen Blick nach Grösi. Doch der Lärm übertönte Marions herzzerreissenden Rufe. «Verfluchte Toilette», dachte ich.

«Hab keine Angst Kleines, Vreni ist ja da!»

Endlich fiel der Groschen: Ich musste eine Münze einwerfen, damit sich die Drehtür wieder öffnete. Marion tapste mit hängendem Köpfchen, leicht benetzt und absolut beleidigt, an mir vorbei.

«Schatz, es tut mir ja so leid …»

Die Prinzessin würdigte mich keines Blickes. Mit verächtlicher Handbewegung schob sie mich beiseite und lief geradewegs zu Grösi. Ratlos blickte die dumme Tante Marion nach, bis es sie vor Lachen zu schütteln begann. Als Grösi das hängende Köpfchen bemerkte, traf Tante ein vorwurfsvoller Blick. Eifrig versuchte sie zu erklären, wie es soweit gekommen war. Doch Grösi schüttelte nur den Kopf, ihren Arm schützend um die Kleine gelegt, während diese leise vor sich hin fluchte. So sassen wir auf der Aussichtsbank und ich wusste, dass Marion für eine Weile wütend sein würde. Doch dann, wenn der Ärger vergessen, verhielt es sich bei ihr wie mit den Botenstoffen im Gehirn Verliebter – sie konnten unvermittelt rauschartige Glücksgefühle hervorrufen.

Im Sommer desselben Jahres gab es eine weitere Person, die Marion mächtig Ärger bereitete. Und zwar unser Bruder Mäni. Zusammen mit seinen beiden Söhnen Andy, 11-jährig und Michi, 8-jährig, reiste er mit nach Toroni in die Sommerferien.

Das fröhliche Haus am Meer war voller Gäste, als sich Mäni mit den Jungs auf den Weg zu seinem Hotel machte. Den ganzen Tag hatten sie schon zusammen am Strand verbracht. Marion nahm die Jungen völlig in Beschlag. Sie tauchte sie unter, kletterte an ihnen hoch und bewarf sie mit ihrem Wasserball. Nun wollten sie sich fürs Abendessen umziehen gehen. Marion liess nicht locker, die Jungen dahin zu begleiten, bis Mami einwilligte. Schliesslich lag das kleine Hotel ja kaum zweihundert Meter vom Haus der Tantsiopoulos' entfernt.

Während Mäni und seine Jungen duschten, wartete Marion in der Eingangshalle auf sie. Nach einiger Zeit kamen sie ins Haus zurück – ohne Marion.

Erschrocken fragte Dagi: «Mäni, wo habt ihr die Kleine gelassen?»

Er schlug sich an die Stirn: «Oh Gott, wir haben sie vergessen.»

Alle sprangen auf und Antonis sah als erster, wie Marion mit gesenktem Blick, leise vor sich hinfluchend, daher kam. Sie rannten zum Gartentor der Terrasse, um sie dort abzufangen. Doch Marion würdigte niemanden eines Blickes, stapfte beleidigt vorbei. Dagi eilte durchs Haus zum Haupteingang – sie kannte ihr Mädchen – und wollte es dort in Empfang nehmen. Tatsächlich schaffte es Marion, das schwere Portal zur Reihenhaussiedlung zu öffnen und es krachend hinter sich zuzuschlagen. Mami rannte ihr entgegen, schloss die Kleine erleichtert in die Arme und tröstete sie. Aber Marion liess sich nicht so leicht beruhigen: «Mäni Sauchund, Mäni mich vegässe …», wiederholte sie immer wieder.

Es war klar, dass sie an diesem Abend kein Wort mehr mit ihm sprach. Wie Marion diese zweihundert Meter allein schaffte, um nach Hause zu finden, war eine erstaunliche Leistung. Wir waren sehr stolz auf sie. Doch ist bis heute niemandem klar, wie Mäni und seine Söhne ungesehen an Marion vorbeikommen konnten – oder umgekehrt.

Samichlaus

Dezember 1998

Es wurde Winter und die Adventszeit nahte. Für Marions Leben war diese Zeit mit allem Drum und Dran sehr wichtig. Dazu gehörte nebst Kerzenlicht, Lebkuchen und Weihnachtsbaum schmücken natürlich auch der Samichlaus. An jene Nacht erinnere ich mich noch sehr gut. Wir waren alle bei Grösi eingeladen. Im Wohnzimmer herrschte eine aufgeregte Stimmung. Marion trug zum ersten Mal in ihrem Leben ein Röckchen, dazu hohe Stiefel und sah mit einem Mal so erwachsen aus. Auch benahm sie sich wie ein Teenie, lief sogar rot an, wenn man ihr Komplimente machte. Draussen auf dem Gartensitzplatz hatte sie Heu und ein paar Karotten für die Esel bereitgelegt. Chris hätte ihr dabei so gern geholfen, aber er lag mit einer Bauchgrippe unter der Decke auf dem Sofa. Marion spielte so lange Mütterchen, fuhr ihm immer mal über den Kopf und redete ihm gut zu.

Als endlich leises Gebimmel durch die Gartentür drang, sprang Marion auf, bückte sich zu Chris und säuselte in engelhaftem Ton: «He, Chis, … los, Samichlaus chunt!» Dann lief sie mit hochrotem Gesicht zur Tür, wo nun das Stampfen von Stiefeln und die tiefe Stimme des Chlaus zu hören war. Es gab eine freudige, tumultartige Begrüssung zwischen ihr, dem Samichlaus und seinem Gespann. Die Grautiere liessen sich dadurch nicht stören, sie machten sich sogleich daran, das Heu zu fressen. Dagi stand glücklich dabei – einmal mehr darin bestätigt, dass dies der einzige und richtige Samichlaus war.

Als Marion bald darauf ihre Gitarre hervorholte und ein Lied nach dem anderen vortrug, waren alle gerührt. Sogar das Augenpaar unter der roten Kapuze glänzte feucht. Dies waren Momente des Glücks, die uns all die Tränen des Leids vergessen liessen.

Tintenblaue Lippen

1999, 10-jährig

Um die Fasnachtszeit streikte Marions Herz wieder einmal tagelang. Da sich die Kleine auf den Kinderumzug gefreut hatte, musste Mami sich schnell etwas einfallen lassen. Sie stieg in den Keller, holte einen Buggy hervor und kutschierte Marion im Wagen durch den Umzug. Trotzdem alberte unser «Cowboymädchen» mit Philipp herum, was das Zeug hielt. Sie bewarf ihn mit Konfetti und er blies ihr bunte Papierschlangen an. Chris und Angi staunten nur. Von ihrem Naturell her waren die beiden Kinder eher still und zurückhaltend. Wachsam hielten sie sich an Marions Wagen fest, jeder auf einer Seite.

Nach der Fasnacht verbesserte sich Marions Zustand vorübergehend. Die Blausuchtanfälle häuften sich jedoch im Verlauf des Sommers beängstigend. Während dieser Zeit suchte Dagi oft die Notfallstation des Kinderspitals auf. Man führte Ultraschalluntersuche durch, machte ein EKG, erstellte Blutbilder oder schwemmte angesammeltes Wasser von der Lunge aus. Jedesmal befanden die Ärzte, es wäre an der Zeit, über einen neuen, grösseren Shunt nachzudenken.

So fuhr Dagi, vollbepackt mit neuen Medikamenten, wieder nach Hause mit Marion. Nach wie vor wollte sie ihrem Mädchen eine zweite OP so lange wie möglich ersparen. Zu viele Tränen waren schon geflossen. Wenn Marion die Notfallstation nur schon von weitem sah, löste dies bereits Panik aus. Hinzu kam, dass die Ärzte Dagi eröffneten, ein zweiter Shunt bedeute eine ungleich schwerere Operation als die erste. Marions Herz hätte in der Vergangenheit schon viel zu viel Arbeit geleistet, sodass eine Einstellung des Körpers auf die neue Situation weitaus heikler würde. Auch müsste der Eingriff, aufgrund der benötigten Herz-Lungen-Maschine, im Universitätsspital durchgeführt werden. Alles Dinge, die Dagi furchtbar Angst und Kopfzerbrechen bereiteten.

*

Es wurde Herbst. Fast täglich machten sich blaue Lippen, Müdigkeit und Schmerzen in den Beinen bemerkbar. In der Schule bekam Marion eine Matratze, auf der sie sich ausruhen konnte, wenn es ihr nicht gut ging.

Allmählich senkte sich Schwermut auf uns herab. Doch Dagi gegenüber durften wir uns nichts anmerken lassen – geschweige denn darüber reden. Sie hätte es nicht ertragen. Alles musste so weitergehen wie bisher. Kira, die junge Labradorhündin, die Antonis eines Tages im Frühling nach Hause gebracht hatte, durfte fortan auf Marions Bett wachen. Immer öfter suchte die Kleine Ruhe, anstatt mit den Kindern zu spielen. Wenn ich nach Affoltern kam, zog mich Marion geradewegs in ihr Zimmer, wo ich ihr stundenlang Märchen erzählen musste. Manchmal wusste ich kaum mehr, woher ich die Geschichten nehmen sollte. Als mir schliesslich der Einfall mit Quipi, dem Pferd kam, das aus dem Stall ausgebrochen war, um mitten auf dem Bellevueplatz in Zürich wiehernd nach dem Kinderspital zu fragen, strahlten Marions Augen vor Glück. Dies wurde fortan ihre Lieblingsgeschichte. Auch sprach sie mit Quipi, wenn sie im Stall war, mit ihm über seinen Ausriss. Sie tätschelte und lobte ihn, wie brav er den Heimweg wiedergefunden habe.

*

Als die ersten Schneeflocken fielen, wurde Marion sehr traurig. Sie stand am Fenster und sah zu, wie die anderen Kinder umhertollten und sich mit Schneebällen bewarfen. Dann kuschelte sie sich an Mami, um gleich darauf mit ihr im Bett zu verschwinden. Während sie ruhten, grübelte Dagi immer wieder darüber nach, was wäre, wenn … Allmählich wurde ihr und Antonis klar, dass eine zweite Shunt-Operation nicht länger hinausgezögert werden konnte. Inzwischen reihte sich ein Arztbesuch an den anderen.

Als nun bei einem neuerlichen Untersuch Marions Sauerstoffsättigung gemessen werden sollte, hatte unser Mädchen endgültig die Nase voll und stellte sich quer. Schliesslich erreichte man unter der Bedingung, dass Grösi den Untersuch mitmachte, endlich Marions Zustimmung.

Jede mit einer Klammer an der Nase versehen, stiegen sie also in die Untersuchungs-Kabine. Grösi sah natürlich zum Schiessen aus damit, was Marion letztlich zum Lachen brachte. Selbst in traurigen Situationen verloren wir den Humor nicht.

Beim Verabschieden hielt der Arzt Marion ein Körbchen mit Bonbons hin: «Weil du und Grösi so tapfer wart …», lobte er. Die Kleine blickte ins Körbchen, rümpfte die Nase und sagte zur allgemeinen Belustigung: «Häsch kei anderi?»

Das war unsere Marion! Ehrlich, direkt und ohne Umschweife. In gewissen Situationen konnte sie aber auch sehr scheu sein. Besonders in letzter Zeit errötete das Hexlein immer öfter, wenn beispielsweise ein Arzt oder ein fremder Junge sie ansprach.

Nach zahlreichen Untersuchungen und Arztgesprächen stand es im Dezember fest: Um Marions Leben zu retten, musste an anderer Stelle ihrer Körperschlagader ein grösserer Shunt eingepflanzt werden. Die Ärzte erklärten, der Grund dafür sei das Wachstum des Kindes. Der Fünf-Millimeter-Shunt, den sie bei Marion 1994 eingesetzt hatten, wäre höchstwahrscheinlich zu klein geworden.

Nach diesem niederschmetternden Bescheid machte sich tiefe Beklemmung breit. Mama und ich versuchten die wieder aufgelebte Angst zu bekämpfen, indem wir uns gegenseitig Mut zusprachen. Marions Herz hatte schon so viel durchgestanden, also würde sie es auch diesmal packen. Dies sagten wir uns immer wieder. Mit Dagi durfte man sowieso nicht über die bevorstehende Operation sprechen. Sie war dazu schlicht nicht fähig. Und Antonis standen die Tränen schon zuvorderst, wenn er einen nur ansah.

Die Weihnachtszeit kostete uns viel an Substanz. Einerseits wussten wir um den Ernst von Marions Zustand, andererseits durften wir uns die Angst nicht anmerken lassen. Dies wäre auch für den fünfjährigen Chris nicht gut gewesen. Ich weiss nicht, wie Dagi diese Probleme tagein, tagaus meistern konnte. Wahrscheinlich nur, indem sie den ganzen Tag umherirrte, mit den Kindern zu Quipi fuhr, dann zu McDonald's, ins Hallenbad oder in den Zirkus, zwischendurch Ferien plante, Schneemänner baute und hübsche Kleider für ihre Schätzchen einkaufte.

Schrecken ohne Ende

Jahr 2000

Bis zum Eintritt ins Kinderspital sassen wir wie auf Nadeln. In der letzten Phase vor der Operation versuchten wir, Marion auf den Eingriff vorzubereiten, so gut es ging. Denn jetzt war der Zeitpunkt gekommen, wo sie allergisch auf Ärzte reagierte und ihnen den Mittelfinger zeigte. Gottseidank kannten sie Marion von klein auf und nahmen ihre gelegentlichen Unverschämtheiten mit Humor. Nicht zuletzt war sie ihnen durch viele, persönliche Gespräche und Spitalaufenthalte ans Herz gewachsen. Schliesslich war Marion eine grosse Kämpferin und ein tapferes Mädchen, das alle immer wieder in Staunen versetzte. Sie verstand auch gut, dass sie nach der Operation ein «gesundes» Herz haben würde und wieder soviel tauchen und Skilaufen konnte, wie sie wollte. Doch noch stand der schwere Moment bevor, noch war nichts überstanden – geschweige denn gewiss.

7. bis 10. Februar 2000, Herzkatheterisierung

Am 7. Februar war es soweit: Dagi musste mit Marion zur Herzkatheterisierung einrücken. Als sie in der Parkgarage zum Aufzug gingen, blieb Marion abrupt stehen, senkte den Kopf und sagte: «Scheisse, Mami ... nöd scho wieder.»

Wie meine Schwester Marion zum Weitergehen bewogen hatte, weiss sie nicht mehr so genau. Doch als die beiden schliesslich eingerichtet waren im Zimmer, spazierte Marion schon bald auf dem Gang umher. Sie plapperte mit Pflegerinnen und Ärzten, warf einen Blick in die Küche, wo sie Kinderfotos an einer Pinwand studierte, dann verschwand sie ins Spielzimmer.

Der nächste Morgen verlief ruhig. Kaum war Marion wach, bekam sie Beruhigungstropfen, dann wurde sie ins Herzkatheter-Labor gebracht. Obwohl Dagi wusste, dass die Herzkatheterisierung ein Routineeingriff war, sass sie schweissgebadet vor dem Untersuchungszimmer. Als man Marion nach eineinhalb Stunden auf dem Schragen hinausrollte und mitteilte, dass alles in Ordnung sei, atmete Dagi erleichtert auf. Jetzt hatte Marion nur noch den verhassten Sandsack vor sich. Und prompt bemerkte sie diesen beim Erwachen. Anfangs jammerte sie nur, aber dann, nach etwa zwei Stunden machte sie der störende Druck so wütend, dass sie ausnahmslos jedem, der ins Zimmer trat, den Mittelfinger zeigte. Selbst Tante Vrenis Rössli-Geschichten vermochten sie nicht mehr abzulenken. Irgendwann weinte sie los.

«Pass auf mein Schatz, du darfst schimpfen, mir den Finger zeigen, soviel und solange du magst. Aber bitte, bitte weine nicht», sagte ich. Dabei standen mir die Tränen selbst zuvorderst. Nichts ertrug ich schlechter als Marions Schluchzen. Noch heute verspüre ich einen Stich im Herz, wenn ich plötzlich irgendwo ein Kind weinen höre.

Nach vier Stunden musste Marion zur Toilette, durfte aber noch nicht aufstehen. Also versuchten wir, ihr eine Schüssel unter den Po zu schieben. Zur allgemeinen Erheiterung reagierte sie aber mit massiver Gegenwehr. Es ging ihr nicht ins Köpfchen, dass sie in den Topf machen sollte. Sie war ja kein Baby mehr, und überhaupt, wozu hatte sie gelernt, die Toilette zu benutzen? Also entschied man, Marion «Pampers» anzuziehen und hoffte auf ein Ergebnis. Doch das konnten wir erst recht vergessen. Marion sagte immer nur: «Sicher nöd id Hose mache ... Ich spinn doch nöd!»

Schliesslich hielt sie durch, bis sich die Wunde geschlossen hatte und der Sandsack entfernt werden konnte. Die Erleichterung war für alle gross.

Notfall, Februar 2000

Acht Tage später, am 18. Februar, sollten die traditionellen Skiferien in Wildhaus beginnen. Doch Marion war alles andere als wohlauf. Seit der Herzkatheterisierung machten sich bei ihr Anzeichen von Mundfäulnis bemerkbar. Hinzu kam, dass sich an ihren Fingern die Haut anfing abzulösen. Der Kinderarzt vermutete eine allergische Reaktion auf das Antibiotikum, das Marion seit dem Eingriff einnehmen musste. Absetzen dürfe man das Medikament aber aus Gründen einer Infektionsgefahr auf keinen Fall.

Schweren Herzens liessen Antonis und Chris Mami mit Marion zu Hause zurück. Wären die Freunde, Lakis und Charlotte mit den Kindern, nicht dabei gewesen, so hätten sich Papi und Chris wohl sehr einsam gefühlt im Chalet. Marion war seit jeher Chris' «Antriebsmotor» gewesen. Solange sie «Action» machte mit ihm, lebte er auf und gluckste vor Freude. War Marion jedoch nicht zugegen, wie zum Beispiel im Kindergarten, zog er sich still, nach innen gekehrt, zurück. Eigentlich war Papi nicht anders. Er blühte erst auf, wenn Marion ihn aus der Reserve lockte. Wenn sie etwa in der Küche um ihn herumtanzte, ihn anhimmelte und voller Begeisterung mithalf, griechische Speisen zuzubereiten.

Keine Frage, wie sehr Marion vermisst wurde in Wildhaus. Jeden Tag lief das Telefon heiss. Nach fünf Tagen hatte die Kleine genug vom Warten und wollte endlich auch zu Papi und Chris. Meine Schwester glaubte, es riskieren zu können.

Zur Feier des Tages wurden sie in Wildhaus mit einem köstlichen griechischen Essen empfangen. Papi zuliebe ass Marion von den Fleischbällchen, die sie sonst heiss liebte, gerade mal ein einziges Stück. Mehr brachte sie nicht hinunter. Dies versetzte meine Schwester bereits wieder in Alarm. Und tatsächlich, nach drei Tagen, klagte Marion über Bauchschmerzen. Während die Väter wieder an ihre Arbeit zurückgekehrt waren, wollte in Wildhaus keine rechte Stimmung aufkommen. Enttäuscht hockte Marion mit Mami auf dem Schlitten und sah zu, wie die Kinder auf Skiern den Hang hinunterkamen. Das Bauchweh wollte und wollte nicht verschwinden. Verzweifelt suchte Dagi, wenn die Kinder im Bett waren, Trost bei Mama am Telefon. Allmählich war sie krank vor Kummer und wünschte Marions Shunt-Operation, die sie so gefürchtet hatte, schnellstens herbei.

Am Freitag, 3. März, einen Tag, bevor die Skiferien zu Ende gingen, wurden die Schmerzen plötzlich akut. Dagi packte eilends die Koffer und holte Chris direkt von der Skischule ab. Danach gings mit Tempo nach Hause. Mama und ich boten schon mal Pinia, Dagis Nachbarin auf, Chris zu übernehmen. Antonis war an einem griechischen Vereinsfest und hörte Dagis Anrufe nicht. Während ich mit meiner Schwester telefonierte, um ihr zu sagen, dass ich sie erwarte und sofort auf die Notfallstation fahren würde, vernahm ich Marions Wehklagen im Hintergrund. Vor Pein wurde mir ganz übel, und ich wusste nicht, wie ich die Stunde des Wartens überstehen sollte. Eines aber war klar: Mama gegenüber durfte ich nichts von der Dramatik erwähnen, es hätte sie an den Rand eines Nervenzusammenbruchs gebracht.

Ich sass wartend im Auto vor dem Haus in Affoltern. Mein Kopf war voll von schrecklichen Gedanken. Endlos zogen sich die letzten Minuten dahin, bis ich endlich den weissen Nissan von Dagi den Hang hinaufkommen sah. Meine Schwester war blass und verstört, die braunen Augen tiefdunkel. Rasch öffnete ich die Wagentür, nahm Marion in die Arme, während Dagi mit Chris zu Pinias Wohnung eilte. Zwei Minuten später ging die Fahrt zur Notfallstation los. Dagi setzte sich mit Marion auf dem Rücksitz, legte den Arm um sie und streichelte ihr während der ganzen Fahrt übers Köpfchen. Im Rückspiegel sah ich, wie sie mit den Tränen kämpfte. Marion hielt sich immer wieder den Bauch und wimmerte. Ihre Augenringe waren ganz dunkel und sie sah unendlich traurig aus.

Als wir die Notfallstation erreichten, führte Mami Marion behutsam an der Hand zum Eingang. Zum ersten Mal schritt die Kleine freiwillig durch diese Tür. Sie zeigte weder jemandem den Finger, noch sagte sie ein einziges Wort. Ein Zeichen, wie schlimm es tatsächlich um Marion stand. Während Dagi bei der Aufnahme mit dem Pflegepersonal redete, setzte ich Marion vorsichtig auf einen Stuhl. Neben uns sassen einige Erwachsene, vermutlich Angehörige von Kindern. Mit pochendem Herzen kauerte ich mich vor Marion, die vornübergebeugt dasass und stöhnte. «Mues chötzle …», waren die ersten Worte, die sie seit einer Stunde sprach.

«Dagi», rief ich, «Marion muss kotzen!»

Die Kleine rutschte vom Sessel und sofort kam jemand mit einer nierenförmigen Blechschale zu Hilfe. Rundum sah ich besorgte Blicke von Wartenden. Während Marion Galle in die Blechschale spuckte, standen wir zu dritt um das arme Kind herum. Dagi fuhr ihrem Mädchen immer wieder tröstend über den Kopf, die Schwester sprach ein paar aufmunternde Worte und ich stand wie gelähmt vor Schmerz da. Warum musste Marion nur so lange leiden? Weshalb hatte sie nicht längst eine Spritze bekommen? Ahh …, es war zum verrückt werden! Seelenruhig brachte die Schwester eine neue Blechschale und hiess uns, wieder Platz zu nehmen. Dagi begab sich zurück zur Anmeldung und fuhr mit den Formalitäten fort. Als endlich alles geregelt war, setzte sie sich zu uns und legte den Arm um Marion.

«Und?», fragte ich angespannt, «wird Marion gleich als Nächste an die Reihe kommen?»

«Ich hoffe es», sagte Dagi mit gesenktem Blick.

Marion würgte erneut. Ich hielt ihr die frische Schale unters Kinn und Mami strich ihr das Haar aus dem Gesicht. Als Marion sich erholt hatte, zog Dagi ein rosa Elastbändchen aus der Handtasche und band ihr damit das Haar zusammen.

Mehr als eine Stunde warteten wir darauf, dass jemand käme und sich um Marion kümmern würde.

Draussen hatte es bereits eingedunkelt, es musste gegen 18.00 Uhr gewesen sein, als Dagi mit Marion an der Hand in einem der zwei Untersuchungszimmer verschwand. Ich atmete auf. Meine Anspannung löste sich allmählich. Bald wäre Marions Leiden beendet, sicher hatte man ihr schon eine Injektion verabreicht, beruhigte ich mich. Nach etwa zwanzig Minuten ging die Tür einen Spaltbreit auf und ich hörte Marions tränenreiches Schreien: «Veeni!»

Dagi winkte mich herein.

«Veeni, Veeni!», klammerte sich die Kleine, die mit ausgestreckten Beinen auf dem Schragen sass, an mir fest. Nebst Dagi waren eine Ärztin und eine Assistentin anwesend. Das Zimmer war sehr klein. Man konnte knapp um den Untersuchungstisch herumgehen. Überall standen Messgeräte, Sauerstoffflaschen und allerlei Apparate. Man hatte Marion bereits eine narkotisierende Salbe auf die Hand aufgetragen. Dabei sollte sie keinen Moment aufhören, Sauerstoff zu inhalieren. Aber Marion wehrte sich in einem fort. Schliesslich erlaubte sie mir, ihr die Maske im Abstand von einigen Zentimetern vor Mund und Nase zu halten.

Ich weiss nicht genau, welche Untersuche gemacht wurden, aber Marion hatte wohl nach mir geschrien, weil sie glaubte, ich könne ihr helfen. Ich würde sie vor den Ärzten und Infusionsnadeln retten, wenn Mama dies schon «nicht tat». Doch konnte ich Marion immer nur wieder an mich drücken, ihr sagen, dass ich bei ihr bliebe und sie keine Angst zu haben brauche. Aber sie sah mich bloss zweifelnd durch ihren Tränenschleier an, dann weinte sie von neuem. Ich glaube, ihr Vertrauen in die Ärzte war nach all den Jahren, der immer neuen Plagereien, die sie hinnehmen musste, verloren gegangen. Wie es aussah, war Marion der festen Überzeugung, dass die Ärzte es nicht schafften, sie von ihrem Schmerz zu befreien, sondern, dass im Gegenteil das grösste anzunehmende Unglück geschehen würde.

Eine Weile sah uns die Ärztin mit ihrer Assistentin zu,

102

dann beschloss sie, die intravenöse Kanüle zu setzen. Ich wurde gebeten, das Untersuchungszimmer zu verlassen. Marions restlos verzweifeltes Weinen ging mir durch Mark und Bein.

Ich eilte nach draussen an die frische Luft – vor Schmerz hätte ich mich übergeben und laut herausschreien können. Mit zitternder Hand zog ich ein Zigarettenpäckchen aus der Handtasche, biss auf die Zähne, doch die Tränen liefen unkontrolliert hinunter. Alles um mich wurde schwarz und dunkel, in mir Marions herzzerreissendes Schluchzen. Ich mochte mir nicht vorstellen, was sie in dem Moment mit ihr taten – geschweige denn, was passierte, wenn die geplante Shunt-OP zu spät kam. Solch quälende Gedanken gingen mir durch den Kopf.

Als ich mich geschnäuzt und wieder gefangen hatte, versuchte ich, hineinzugehen. Hinter der Tür von Marions Untersuchungszimmer blieb es solange still. Nach dreissig Minuten wurde ich unruhig, stand auf und näherte mich der Tür, um zu horchen. Ausser einer fremden, gedämpften Stimme war nichts zu vernehmen. Ich ging noch einmal nach draussen, um mich abzulenken. Dazwischen rief ich Mama an und versuchte, alles so gut wie möglich zu bagatellisieren, damit sie sich nicht allzu fest sorgte. Meinem Mann sagte ich nur, dass es wahrscheinlich spät würde, bis ich nach Hause käme.

Inzwischen war es bereits nach 21.00 Uhr, lange konnten die Untersuche wohl nicht mehr dauern. Als ich die Notaufnahme erneut betrat, stand Dagi mit geröteten Augen unter der offenen Tür eines anderen Untersuchungszimmers und hielt Ausschau nach mir. Voller Sorge eilte ich auf sie zu. Doch Dagi hatte sich bereits wieder umgedreht. Marions erneutes Weinen wurde immer verlautbarer, so dass es mir die Kehle zuschnürte und ich kurz vor der Tür kehrt machen musste.

Erst später erfuhr ich, dass Marion hauptsächlich aus Angst und Panik geschrien hatte. Nichtsdestoweniger war dies ein schwacher Trost für mich. Nachts um 23.00 Uhr entschieden die Ärzte, Marion zu hospitalisieren. Man diagnostizierte unter anderem Wasser auf der Lunge, das so schnell wie möglich ausgeschwemmt werden musste.

Von Lungenbläschen, die Flüssigkeit enthalten, kann kein Sauerstoff mehr ins Blut aufgenommen werden. Der Patient muss so schnell wie möglich Sauerstoff bekommen, der Oberkörper muss hochgelagert und die Beine tiefgelagert werden. Erst danach wird die eigentliche Ursache behandelt.

Dies war wohl der Grund, weshalb man Marion während Stunden die Sauerstoff-Maske hinhielt und sie aufrecht setzte.

Jetzt war ich nur noch glücklich, an ihrem Bett sitzen zu dürfen und auch, dass sie nicht mehr weinte. Sie hatte nun ein sogenanntes «Sauerstoff-Nasenvelo» und ein Schlafmittel bekommen. Dagi war unterdessen nach Affoltern gefahren, um frische Wäsche, einen Pyjama und Marions Necessaire zu holen.

Das Schlafmittel wollte nicht so recht wirken. Immer wieder schlug Marion die Augen auf und ich musste sie daran hindern, das Schläuchlein aus der Nase zu ziehen. Aber die Nachtschwester kam alle dreissig Minuten vorbei, um zu kontrollieren, ob wir nicht mogelten. Dieses Ding störte Marion nämlich so sehr, dass sie zeitweise unter Tränen protestierte, und ich es ihr entfernte, bis sie sich wieder beruhigt hatte. Schliesslich wurde ihr auch noch das Kopfkissen unbequem. Immer wieder klopfte sie es mit ihrer kleinen Faust zurecht.

Neben uns wachte eine Mama am Bett ihres Jungen. Durch Marions ständige Unrast wurde das Kind am Schlaf gehindert, was die Mutter betrübte. Es kam schon mal vor, dass uns ein vorwurfsvoller Blick traf. Hell im Kopf, wie Marion war, bemerkte sie das.

«He, Veni», schmunzelte sie, und zeigte ihr Mittelfingerchen.

Ich steckte es ihr rasch weg und sah sie mit tadelndem Blick an.

Ein kurzes Lächeln huschte über Marions Gesicht, dann klopfte sie wieder energisch ihr Kissen zurecht. Die Mama am Nebenbett stand wortlos auf und verliess das Zimmer. Als sie zurückkehrte, hatte sie die Nachtschwester dabei und eine fahrbare Trennwand, die nun zwischen unsere Betten geschoben wurde. Als die Schwester das Zimmer verliess, sah Marion verwundert auf und flüsterte mir zu: «Fau spinnt, gäll.»

So ging das weiter bis ein Uhr morgens. Ihr Herz, die Lunge, ja der ganze Körper machte Marion wahnsinnig. Immer wieder klopfte sie nervös aufs Kissen. Dann riss der Mama nebenan endgültig der Geduldsfaden. Noch einmal verschwand sie aus dem Zimmer und kam mit der Nachtschwester zurück. Während die Mutter den Schrank räumte, löste die Schwester die Bremsen am Bett des Jungen und rollte ihn aus dem Zimmer – und weg waren sie. «Oh Schreck», dachte ich.

Als Dagi morgens um halb drei Uhr im Kinderspital eintraf, schlief Marion tief und fest. Ich rapportierte meiner Schwester kurz – sie schmunzelte, dann machte ich mich auf den Heimweg. Nur mit Mühe konnte ich in dieser Nacht schlafen. Marions herzergreifende Rufe hallten noch lange in meinem Kopf nach. Am Morgen desselben Tages wurde unser Mädchen mit «Lasix» behandelt. Zwei Tage später durfte sie wieder nach Hause fahren. Marion konnte nun zwar wieder lachen, uns aber bereitete die bevorstehende Shunt-Operation vom 27. März je länger je mehr schlaflose Nächte. Drei Wochen schwebten wir zwischen Angst und Hoffnung. Am Ende blieb uns nur noch, zu beten, dass alles gut ginge.

Über den Eingriff wurden wir eingehend aufgeklärt. Die Ärzte verschwiegen auch nicht, dass man mit allem rechnen müsse und das Risiko gross sei. Gottseidank ahnte Marion nicht, was ihr mit dieser Operation bevorstand. Woher meine Schwester all die Kraft nahm, unaufhörlich zu kämpfen, ohne jemals zusammenzubrechen, ist uns heute noch ein Rätsel. Ich selbst war ja schon tausend Tode gestorben wegen Marion. Aber immer ist sie wieder aufgestanden, hat um ihr Leben gerungen und hat obsiegt. Also sagte ich mir: «Sie schafft es auch diesmal.»

Ohne diese Einstellung wäre ich wohl verrückt geworden.

2. Shunt-Operation, 27. März 2000
kurz vor Marions 11. Geburtstag

Der Eintritt ins Kinderspital erfolgte am Freitag, 24. März, drei Tage vor der Operation. Marion packte ihre Lieblingssachen, ein paar Videos und Tonbandkassetten, ein. Damit sie jederzeit meine Stimme hören konnte, hatte ich ihr, zusammen mit meinem Mann, eine Kassette aufgenommen. Franz sträubte sich zunächst und ich musste sämtliche Tricks anwenden, um ihn zu überzeugen. Schliesslich wurde die Aufnahme äusserst vergnüglich. Wir sassen bei Tisch, Franz entkorkte geräuschvoll eine Flasche, dann plätscherte der Wein ins Glas, wir stiessen an und sagten: «Prost, Marion, … auf dich, und auf deinen Geburtstag, den wir ganz bald, nach der OP, feiern werden. Weisst du, Franz spielt dann den Zauberer für dich und lässt Vreni verschwinden …» Und so fort. Natürlich durfte auch die Geschichte von Quipi sowie unzählige andere nicht fehlen. Dazwischen forderte ich die Kleine auf, mit mir «Sur le Pont d'Avignon» und all ihre Lieblingslieder zu singen. Kurz, Marion vergass ihren Kummer und freute sich schon jetzt auf ein Geburtstagsfest mit

Clown, Zauberer und vielen Kindern. Vor allem aber auf ein «gesundes Herz», mit dem sie endlich wieder skilaufen und tauchen konnte.

So vergingen die ersten vierundzwanzig Stunden der Untersuche. Am Samstag konnte Dagi mit Marion wieder nach Hause fahren. Das ganze Prozedere war ungemein kompliziert und nervenaufreibend. Die eigentliche Operation fand nämlich erst am Montag statt. Und zwar im Universitätsspital wegen der erwähnten Herz-Lungen-Maschine. Dies bedeutete einen unglaublichen psychischen Stress für Dagi und Marion, zumal sie im Kinderspital seit Jahren ein- und ausgingen, dieser Ort Teil ihres Lebens war – da, wo sie nebst vertrauten Ärzten, auch langjährige Mitarbeiter kannten. Alles Dinge, die beruhigend gewesen wären …

Nun also waren sie übers Wochenende zu Hause und warteten bange auf den Montag. In der Nacht von Samstag auf Sonntag dachte niemand mehr ans Schlafen. Selbst ich, die am Samstag mit meinem Mann ein Flugzeug nach El Gouna bestiegen hatte, konnte der Angst nicht entkommen. Alle paar Stunden rief ich Mama an, um mich zu vergewissern, dass alles im Gleichmass verlief.

Am Sonntagabend fanden sich Dagi und Marion wie vereinbart wieder im Kinderspital ein. Noch einmal stand meiner Schwester eine schlaflose Nacht bevor. Marion blieb einigermassen ruhig, man hatte ihr ein leichtes Schlafmittel verabreicht. Morgens um sechs kam die Pflegerin mit Beruhigungstropfen zur Vorbereitung auf die OP. Danach ging alles sehr schnell. Die Tropfen wirkten, Marion fing an zu kichern, hing sich Mami um den Hals, küsste sie ab – so stiegen sie ins Taxi ein, das sie ins Universitätsspital brachte. Am Eingang wartete bereits eine Schwester, die das «lustige Gespann» in Empfang nahm und auf ein Zimmer brachte. Mami zog ihrem Mädchen die Kleider aus – unter Gelächter von Marion, versteht sich – wonach sie ins Bett gesteckt wurde und ihr die Pflegerin Narkosesalbe auf die Hand auftrug. Sobald die Wirkung eintrat, wurde an dieser Stelle die intravenöse Kanüle gesetzt. Eine Dreiviertelstunde später wurde Marion in den Operationssaal gerollt. Den ganzen Weg dorthin schäkerte und kicherte sie vom Schragen aus mit Mami. Vor der OP-Tür drückte die Kleine Mami innig und küsste sie, als wäre es das letzte Mal. Bevor sich die automatische Tür hinter Marion schloss, winkte das Hexchen noch. Danach sank Dagi in sich zusammen.

Ganz allein sass sie in dem tristen Flur und weinte still vor sich hin. Sie hatte panische Angst, war niedergeschlagen und krank vor Kummer. Die Stunden wollten nicht verstreichen. Sie hoffte permanent, jemand käme zur Tür hinaus, würde sie beruhigen und ihr sagen, dass alles gut verlief. Doch nichts regte sich.

Um elf kam überraschend unsere Schwester Lili dazu. Mit viel Überzeugungskraft konnte sie Dagi schliesslich dazu bringen, sich für fünf Minuten von der OP-Tür wegzubewegen, um einen Kaffee zu trinken. Während des weiteren Wartens versuchten die beiden, sich gegenseitig Trost und Mut zuzusprechen, soweit das überhaupt möglich war. Eigentlich wollte Dagi allein sein, aber ich glaube, im Nachhinein war sie dankbar für Lilis Unterstützung.

Um 12.30 Uhr – nach viereinhalbstündigem Bangen, ging die OP-Tür auf und der berühmte Herzchirurg trat hinaus. Dagi schlotterte am ganzen Körper, als der Professor in knappen Worten verkündete: «Die Operation ist erfolgreich verlaufen, der Rest liegt nun bei Marion.» Da die Kleine ja eine Kämpferin sei, stehe der Gesundung nichts im Wege, fügte er bei.

Erst einmal also Erleichterung – Marion wird es schaffen!

Als später auf der Intensivstation alle Geräte angeschlossen und Marion stabilisiert war, durften Mami und Lili zu ihr. Die Kleine hatte die Augen zu, war an einem Sauerstoffgerät angeschlossen und schlief noch tief. Lili musste schnell wieder hinausgehen; sie ertrug den Anblick der unzähligen, ineinander verschlungenen Schläuche und Kabel über Marions Bett nicht. Das eingetrocknete Blut im Mundwinkel gab ihr den Rest.

Am Nachmittag desselben Tages kullerten Marion immer wieder dicke Tränen unter den geschlossenen Augenlidern hervor. Anscheinend bekam sie trotz des künstlichen Dämmerzustandes die Anwesenheit von Mami mit. Dem tatenlos zusehen zu müssen, war einer der schmerzhaftesten Augenblicke für Dagi.

Tags darauf wäre die Überführung ins Kinderspital vorgesehen gewesen. Doch Marions instabiler Zustand liess einen Transport nicht zu. Zu früh hatten wir gehofft, dass sich nach erfolgreicher Operation alles normalisieren würde. Weiter ging das Zittern bis Mittwoch, bis Marion erstmals ihre Augen aufschlug. Man hatte sie probeweise Schritt für Schritt aus der Sedation zurückgeholt.

Als Marion Mami erblickte, liefen ihr Tränen über die Wangen, dann kippte sie wieder weg und beim nächsten Mal weinte sie bereits hörbar. Marion war zu aufgewühlt, als dass man sie durchgehend im Wachzustand hätte lassen können.

Am Donnerstag war sie erstmals ansprechbar. Zwischen Tränen und Protesten fing unser Mädchen bereits wieder an, um sich zu schimpfen, was uns grosse Hoffnung gab. Am Freitagmorgen war ihr Zustand endlich stabil, und am Nachmittag konnte sie ins Kinderspital verlegt werden.

Allmählich war Dagi am Ende ihrer Kräfte und heilfroh, dass ihr Lili auch an diesem Tag zur Seite stand. Während Marion transportfähig gemacht wurde, teilte sie jedem, der an ihr herumhantierte, Kraftausdrücke aus, so sehr regte sie das Ganze auf. Lili und Dagi hatten alle Mühe, sie im Zaum zu halten und ihr verständlich zu machen, dass es nun ins Kinderspital ginge. Welch schwacher Trost für Marion.

Auf dem Weg durch die unterirdischen Gänge des Spitals fasste unser Mädchen dem Krankenpfleger plötzlich ans Bein. Dabei hob sie den Kopf, schaute, wie Lili und Mami darauf reagierten und warf ihnen einen schalkhaften Blick zu. Als sie die Verwirrung der beiden Frauen bemerkte, liess Marion ihre Hand absichtlich dort ruhen. Schliesslich brachen sie in helles Gelächter aus mitsamt dem Pfleger. Kaum zu glauben; Marion, die so sehr litt, munterte mit ihrem Humor alle auf.

Als man sie allerdings in den Krankenwagen schob, wehrte sie sich lautstark. Dabei hatte sie sich doch gefreut, dass Tante Lili bei ihr sitzen würde, während Mama ihnen im eigenen Auto folgte. Nachdem die Tür zu war, weinte Marion bitterlich, bis der Krankenpfleger einstieg, ihr über den Kopf strich und sie beruhigte. Lili setzte sich ans Fussende der Bahre und sah zu, wie alles zur Fahrt gesichert wurde.

Dann gab der Pfleger Dagi das Zeichen zur Abfahrt. Der Wagen rollte an und Marion blickte dem Pfleger, der ganz dicht bei ihr sass und ihre Hand streichelte, ängstlich ins Gesicht. Nach wenigen Minuten hatte sie Vertrauen gefasst und griff nach seiner Hand. Lili erinnert sich an das rührende Bild, wie sich Marions Fingerchen mit denen des Pflegers verflochten.

Marions Zustand war nach wie vor heikel. Dies hatte mir Mama bei unserem letzten Telefongespräch mitgeteilt.

Als die Ferienwoche in El Gouna zu Ende ging, fiel eine schwere Last von mir. Die Koffer waren längst gepackt und ich zählte nur noch die Minuten bis zum Abflug. Allerdings musste ich zu Hause eine weitere Nacht voller Unruhe durchstehen, da wir erst spätabends in Zürich-Kloten landeten.

Am Sonntagmorgen stand ich mit klopfendem Herzen vor der Intensivstation und läutete. Es dauerte eine ganze Weile, bis eine Pflegerin öffnete und mich einliess. Dagi, die mein Kommen gehört hatte, trat herzu. Wir begrüssten uns still und ohne viele Worte. Dann führte sie mich zu Marions Bett, das neben einem der Fenster stand. Rundherum blubberte und piepste alles im Raum. Marion hatte die Augen geschlossen und lag abgedeckt, an mehrere Schläuche angeschlossen, im Bett. Ich strich ihr über den Kopf und redete ihr leise zu. Aber Marion reagierte nicht. Und dies sechs Tage nach der OP – ich war geschockt. Meine Tränen konnte ich nur mit Mühe zurückhalten. Dagi hatte einen zweiten Stuhl für mich herangeschoben. Lange sassen wir schweigend da und beobachteten Marions Atem. Dagi strich ihr unentwegt über den Arm, was Marion zeitlebens gemocht hatte. Dann, aus heiterem Himmel, flossen ihr Tränen über die Wangen. Mir stockte der Atem! Dagi bückte sich über die Kleine, wischte ihr das Augenwasser weg und flüsterte ihr aufmunternde Worte ins Ohr. Marion begann sich zu regen. Sie bewegte den Kopf hin und her und mit einem Schlag gingen die Augen auf – starrten ins Leere. Mami fuhr ihr über die Stirn: «Schau mal, Schatz, wer da ist.»

Die Pflegerin, die alle paar Minuten vorbeischaute, um Marions Apparate zu kontrollieren, nahm an den Aufmunterungen teil. Ich bückte mich über die Kleine, berührte ihre Wange und sagte: «Vreni ist da, Schätzchen.» Dann schlossen sich die Augen wieder, um sich gleich darauf zu verkrampfen. Erneut traten Tränen hervor.

So schleppten sich qualvolle Stunden dahin. Wirklich wahrgenommen hatte mich Marion erst am nächsten Tag.

Es war der Tag, an dem ich meine Arbeit im Reisebüro wieder aufnahm. Die Konzentration bereitete mir grosse Mühe. Ständig dachte ich an Marions Kampf, an das Ringen meiner Schwester um Tapferkeit.

Abends um sechs traf ich auf der Intensivstation ein. Dagi und ich gaben uns die Klinke in die Hand. Die Erschöpfung war ihr deutlich anzusehen, sie brauchte dringend ein paar Stunden Ruhe. Als ich eintrat, war Marion überraschend munter. Diese Beschreibung ist zwar masslos übertrieben, aber immerhin sass sie aufrecht im Bett. Die Pflegerin war gerade dabei, ihr die Sauerstoffmaske über Nase und Mund zurechtzurücken. Sie schärfte mir ein, darauf zu achten, dass Marion diese nicht auszog. Man dürfe die Maske für einen Begrüssungskuss anheben, mehr aber nicht. Also tat ich das. Dann liess sich Marion wieder aufs Kissen sinken, ich nahm ihre Hand und suchte nach angemessenen Worten. Nach allem, was wir unserem Mädchen versprochen hatten und dem, was sie nun durchmachte, fiel das nicht leicht. Trotzdem tat es gut, all die Worte zum ersten Mal auszusprechen: «Nur noch eine Nacht, Schatz, dann kommt die dumme Maske weg und du darfst auf dein Zimmerchen. Vreni erzählt dir viele schöne Geschichten, spielt mit dir und schläft die ganze Nacht bei dir, wenn du möchtest … ja?»

Hin und wieder nickte Marion andeutungsweise oder blinzelte. Auf einmal stand Papi da. Marion versuchte, sich aufzurichten, und er half ihr dabei. Es sah so niedlich aus, wie sie ihre kraftlosen Arme um ihn schlang. Papis dunkle, sanfte Stimme rührte sie schliesslich zu Tränen. Doch nur kurz. Antonis hob die Sauerstoffmaske an, als hätte er das schon immer getan, küsste sie und tupfte ihr die Tränen weg. Nachdem das Ding wieder zurechtgerückt war, sagte er zu ihr: «He, Papi hat Fleischbällchen für dich mitgebracht. Magst du welche?»

Sie nickte beherzt, auch wenn ihr vermutlich nicht ums Essen war.

Ich war sprachlos. Wie kam er bloss auf die Idee, dass sie mit der Sauerstoffmaske essen könnte?

Als wäre alles ganz selbstverständlich, lief Antonis zur Schwester und erklärte ihr, dass sein Mädchen essen wolle. Daraufhin brachte die Schwester einen niedrigen Stuhl herbei und half, Marion darauf zu setzen. Verwundert sah ich zu, wie Antonis vor sein Mädchen kauerte und ihm die Maske wie eine Sonnenbrille auf den Kopf schob. Dann reichte

Der zweite Geburtstag

16 Monaten

4. April 1991: grosses Geschenk zum 2. Geburtstag; ein Cabriolet

18 Monate: Mit Verena im Tessin

Mit zwölf Monat

Osteridylle

Gruppenfoto –
Die «Kleine» im Körbchen

Besuch des Fotografen
im Kindergarten

Beim Werken …

… beim Lernen
mit der
Therapeutin
Frau Kislig

), 11-jährig …

… und 1996, 7-jährig
Badeplausch mit Mama

1996: Fütterung der Geisser
Lili, Mami und

it und Vergnügen mit Quipi

Unzertrennlich: Marion und Chris

April 1995:
kliche Eltern an der Taufe von
on und Chris

1995: Küsschen mit Freundin Nina

Herbst 1997:
Mit Jenny auf dem Fahrrad …

… und auf dem Rollbrett

Herbst 1998:
Herumtollen im
Vergnügungspark

Februar 1999:
Skiferien
in Wildhaus

Besuch vom Samichlaus

Februar 1999:
Ein Tanz mit Papi

März 2000: Fasnacht mit Philipp

An einer Party mit Papi

Ferien in Toroni, Griechenland

1999: In Bruno Webers Skulpturenpark

n mit Veni (Verena)

Abschied von Demantur

1. Januar 2001:
Der letzte Stallrundgang

Die letzten
zu H

er ihr ein Fleischbällchen und schob es ihr in den Mund. Ich staunte nur noch.

Kein Wunder, dass sie lange an dem Bissen kaute. Aber es machte Mut, zu sehen, welch grosse Fortschritte sie in einem Tag schon gemacht hatte. Die Aussicht, zu ihrem Geburtstag auf die Bettenstation verlegt zu werden, schien bei Marion Berge zu versetzen. Zudem hatten ihr die Krankenschwestern versprochen, einen Kuchen zu backen und Mama wollte sie mit vielen bunten Geschenken bescheren. Dies gab Marion so viel Kraft, dass sie sich ein dutzend Mal stechen liess und unzählige Medikamente schluckte, ohne zu protestieren.

Nach acht Tagen Intensivpflege war es dann tatsächlich so weit. Mit viel Brimborium überbrachten ihr zwei Pflegerinnen den Kuchen. Marions Augen strahlten vor Stolz, als sie zur Tür herein kamen. Nachdem die Kerze ausgeblasen war, bekam jeder ein Stück und Marion passte auf, dass wir keine Krümel auf dem Bett hinterliessen. Das richtige Fest, das wusste sie, stand aber noch bevor und würde einiges an Überraschungen in sich haben.

Drei Tage darauf durften wir unser Kind, mit den besten Wünschen vom Kinderspital, nach Hause nehmen.

April 2000

Die ersten Tage bedeuteten einfach nur pures Glück. Doch dann merkten wir, dass unser Mädchen grosse Mühe hatte, wieder auf die Beine zu kommen. Drei Wochen litt sie nun schon unter Appetitlosigkeit und Schwindel, war ständig müde und wollte nur noch schlafen. Dies war für uns unfassbar. Wo war die grosse Kämpferin geblieben? Wollte oder konnte sie plötzlich nicht mehr?

Es vergingen keine drei, vier Tage hintereinander, ohne dass Dagi Marion nicht ins Auto packte und mit ihr zum

Kinderarzt fuhr. Doch der Arzt konnte Dagi immer nur mit den gleichen Worten vertrösten, wie sie sie schon von den Ärzten des Kinderspitals kannte: «Es braucht einfach Zeit und Geduld.»

Dies machte uns fix und fertig. Trotz allem hatte Marion die versprochene Geburtstagsfeier nicht vergessen und drängelte immer mal wieder. Dagi war hin- und hergerissen und schob das Fest ständig auf. Schliesslich trommelte sie Kinder, Mütter, den Spitalclown und alles, was dazugehörte, zusammen und liess das Fest steigen. Am 24. April, zwanzig Tage nach Marions Geburtstag, wurde im Garten vor dem Haus eifrig eine kleine Zirkusmanege aufgebaut. Statt dass Marion nun wie sonst alle herumdirigierte und Anweisungen gab, blickte sie dem Treiben schweigend und unbeteiligt zu.

Als alles aufgebaut war, sass eine fröhliche Kinderschar im Schneidersitz am Boden und blickte erwartungsvoll auf Marion und den Clown. Aber unser Mädchen, das als Betty Bossi verkleidet war, liess die Kochlöffel hängen und schaute nur traurig in die Runde. Weder die vielen Naschereien noch die Geburtstagstorte konnten sie verlocken – sie, das grosse Schleckmaul. Dies brach uns fast das Herz. Damit wurde klar, wie schlecht es um Marion stand.

Grösi nahm die Kleine bei der Hand, verliess die Runde und zog sich mit ihr in ihr Zimmer zurück. Die Gästeschar war so abgelenkt, dass keiner merkte, wie das Geburtstagskind verschwand.

Später einmal, als Marion die Fotos ansah, bemerkte sie ganz cool: «Weisch no, han i müese chötzle.»

Mai bis Juni 2000

In der Folgezeit litt Marion nicht nur an Appetitlosigkeit und Erschöpfung, sondern fing auch an, sich zu übergeben. Jetzt reichte es Dagi. Sie packte Marion ein und fuhr mit ihr in die

Poliklinik, wo Nachkontrollen von Operationen – auch des Kinderspitals – durchgeführt werden. Wieder schickte man sie nach Hause und mahnte zur Geduld.

Es wurde Mai. Marion hatte mit einem Mal den Wunsch, Olivia, das Rollstuhlmädchen, und die anderen Klassenkameraden zu sehen. Hierauf machte Dagi einen Schulbesuch mit ihr. Als sie beim Klassenzimmer anklopften, wurde Marion von den Kindern freudig empfangen. Frau Dubs, die Lehrerin versicherte, Marion sei jederzeit willkommen und könne sich auf die Matratze legen, wenn es ihr nicht gut gehe. Dies funktionierte jedoch nicht lange, denn Marion musste sich fast täglich übergeben.

Tag und Nacht zerbrachen wir uns den Kopf, bis uns schliesslich die Idee einer Klimaveränderung kam. Also beschlossen wir, am 17. Juni nach Spanien auf unser Weingut an der Costa Brava zu fliegen. Alle freuten sich riesig und hofften auf ein Wunder. Der Flug verlief ohne Zwischenfall. Wir hatten noch nicht einmal die Haustür geöffnet, als Marion und Chris sogleich zum Pool liefen und ins Wasser sprangen. Nachdem die Koffer ausgepackt waren und ich nachsah, was die Kinder trieben, sass Marion im flachen Wasser auf der Treppe. Sie hatte dunkelblaue Lippen und sah zu, wie Chris tauchte.

«Kommt schnell ins Haus», sagte ich, «Mami zieht euch was Warmes an, ihr seht ja völlig verfroren aus.»

Doch Marion war nicht kalt, sondern sie hatte soeben einen Blausuchtanfall erlitten. Und dies trotz dem grösseren 10-Milimeter-Shunt. Wir verstanden gar nichts mehr. Als Marion am Abend des übernächsten Tages über Bauchschmerzen klagte, wurde uns erst recht bange. Verstört sahen wir einander an und dachten dasselbe: «Sag, dass das nicht wahr ist!» Grösi bereitete schnell einen Krug Tee zu. Währenddessen legte Dagi Marion aufs Sofa und massierte ihr den Bauch. Aber alles nützte nichts. Die Schmerzen wurden stärker und Marion fing an, immer lauter zu wimmern. Es musste dringend ein Arzt her. Ich alarmierte José, den Keller-meister und seine Frau. Dann rief ich Marlise in Zürich an, die die Spanisch-Übersetzung übernehmen sollte. So standen wir dicht um José herum in der grossen Küche. Marlise er-klärte ihm erst einmal, dass unser Mädchen herzkrank sei und sieben Wochen zuvor eine Operation gehabt habe. José meinte, das Beste wäre, uns gleich nach Palamos ins Spital auf die Notfallstation zu fahren. Als Marion das hörte, be-kam sie es mit der Angst zu tun: «Nei Mami, kei Spital, kei Spital ...» Dabei stiegen ihr Tränen auf.

Inzwischen war es zehn Uhr nachts. José bot uns an, auf Pikett zu sein, sodass wir ihn jederzeit rufen und mit ihm losfahren könnten. Das war sehr lieb von ihm und beruhigte uns halbwegs. Ans Schlafen dachte trotzdem niemand mehr.

Morgens um acht lief ich zum Kellermeister und sagte, es wäre soweit, wir könnten nun fahren. Anstelle von ihm begleitete uns schliesslich Suzanna, die Oenologin des Wein-guts, die englisch und französisch sprach, ins Spital. Alle wa-ren sehr besorgt und nahmen grossen Anteil. Dagi und ich führten die kranke Marion zum Auto. Das Ganze tat unsäg-lich weh und ich wünschte, wir wären niemals von zu Hause weggefahren.

Die Notfallstation war voll von erwachsenen, meist äl-teren, gebrechlichen Menschen. Während Suzanna sich um die Anmeldung kümmerte, nahmen wir Marion in unsere Mitte und hofften, dass alles schnell vobeiginge. Leider hat-ten wir falsch gehofft. Die Ärzte konnten nicht sehr viel tun. Nachdem sie Marions Krankengeschichte kannten, trauten sie sich erst recht nicht mehr, sie anzufassen. Wegen Verdacht auf einen Infekt gab man uns Antibiotika sowie ein Rezept gegen Mundfäulnis, die inzwischen auch noch aufgetreten war.

Also fuhren wir zur nächsten Apotheke, um das Rezept einzulösen. Kaum waren Dagi und Suzanna in der «Farma-cia» verschwunden, sagte Marion: «Veni, mues chötzle ...»

Ich hob sie aus dem Auto, umfasste ihren Kopf und schon übergab sie sich am Trottoirrand. Dagi, die die Szene hinter dem Schaufenster mitbekommen hatte, eilte aus der Apotheke und nahm ihr Mädchen an sich. Die Apothekerin folgte ihr und bat uns, das arme Kind hereinzubringen. Sie setzte Marion auf einen Stuhl und reichte ihr einen Becher mit Wasser. Darauf riet sie uns dringend, ihr ein Joghurt zu essen zu geben. Also hielten wir beim nächsten Supermarkt an und kauften alle möglichen Joghurts zusammen. Daheim betteten wir Marion in einen Liegestuhl unter dem grossen, schattenspendenden Baum vor dem Haus und hofften auf ein Wunder. Einstweilen spielten Chris und ich ihr Zirkusnummern vor. Ich war die Elefantenkuh und Chris das Junge. Dieses «Rüsselspiel» gefiel Marion so sehr, dass wir nicht mehr aufhören durften damit und sie ihren Schmerz vorübergehend vergass. Doch dann ging der Albtraum weiter. Marions vermeintliche Bauchschmerzen wollten nicht nachlassen. Selbst das Spiel mit dem Hund im Zwinger, dem sie schon hundertmal den Mittelfinger gezeigt hatte, um dann hell auflachend davonzurennen, half nicht mehr. Schliesslich packten wir eilends zusammen, flogen nach Hause und brachten Marion unverzüglich ins Kinderspital.

Beurteilung der Ärzte vom 25. Juni 2000: «Es braucht Zeit und Geduld. Marions Körper muss sich auf den grösseren Shunt einstellen.»

Am nächsten Morgen und in den folgenden Tagen dauerte die Übelkeit an, verschlimmerte sich noch und wurde mit der Zeit zu Marions ständigem Begleiter. Dazu kam stetiger Gewichtsverlust. Allmählich waren wir am Ende mit unserem Latein und am Verzweifeln. Aber wir wussten: Unser Mädchen will leben – also wird sie auch diesen Kampf gewinnen. Wir brauchten ihr bloss mit all unserer Liebe zur Seite zu stehen.

Da Marion die Schule immer seltener besuchen konnte,

entschloss sich Dagi, fortan die Stunden mit ihr bei Quipi zu verbringen. Quipi machte Marion glücklich und lenkte sie von ihrem Unwohlsein ab. Das Problem aber war, dass Quipi nicht immer Zeit hatte für die Kleine, denn er war oft ausgebucht. So kam der Gedanke auf, Marion ein eigenes Islandpferd zu kaufen. Papi war sofort einverstanden, den Sparbatzen, den er für sein Mädchen beiseite gelegt hatte, in ein Pferd zu investieren. Nach den Sommerferien wollte man die Sache gleich angehen.

Juli bis August 2000

Mitte Juli entschlossen sich Dagi und Antonis trotz allem, mit den Kindern nach Griechenland zu verreisen. Marion zeigte zum ersten Mal seit langem wieder echte Freude. Die Aussicht, mit ihrem geliebten Papi schwimmen und tauchen gehen zu können, liess sie rundherum alles vergessen. Als sie das Flugzeug nach Thessaloniki bestiegen, dachte keiner daran, welch ein Albtraum ihnen bevorstand. Fast täglich erreichten uns traurige Anrufe aus Toroni. Marion verzichte auf ihr geliebtes Schwimmen – sie wage sich nur noch bis zu den Füssen ins Wasser, dann kehre sie um. Als Marion schliesslich Blut erbrach, sah sich die Familie zur sofortigen Rückkehr gezwungen.

Diesmal suchte Dagi zuerst den Kinderarzt in Wettswil auf. Der konnte sich Marions Beschwerden aber nicht erklären und verwies die Mutter an die Poliklinik des Kinderspitals. Während der fast drei Wochen bis zum Untersuchungstermin lebten wir in dauernder Sorge um unser Mädchen. Zwar hatten die Blutungen nachgelassen, doch wurden ihre Handgelenke immer dünner und das Gesichtchen schmaler. Allmählich war die seelische Belastung so gross geworden, dass sich keiner mehr auf das Alltagsleben konzentrieren konnte. Von Unruhe getrieben irrte ich durchs Haus, surfte Nacht für Nacht durchs Internet und schleppte schwere Arztbücher herbei. In der lächerlichen, aber verrückten Hoffnung, glaubte ich den Grund für Marions Erbrechen herausfinden zu können. Ich kam zu dem Schluss, dass das arme Kind an einer chronischen Entzündung der Magenschleimhaut litt oder gar eine Tumorerkrankung hatte.

Demantur

September 2000

Voller Zuversicht betraten sie nun die Gastroentologie der Poliklinik und hofften, dass Marion endlich geholfen werden könne. Doch die Diagnose des Gastroenterologen, wonach Marion tatsächlich eine Magenschleimentzündung hatte, half auch nicht weiter. Denn die Ursache dafür konnte weder durch Ultraschall noch auf dem Röntgenbild festgestellt werden. Marion erhielt fortan «Antra MUPS», ein Medikament, das bei Entzündungen und Geschwüren im Magen-Darm-trakt angewendet wird, das die Säureproduktion hemmt und Magenblutung stoppt. Mit Wut im Herzen warf ich alle Zettel mit Notizen fort.

Wieder verging eine Woche, ohne dass die Kardiologen, die den Bericht der Poliklinik erhalten hatten, reagierten. Dann noch eine weitere Woche und so fort. Schliesslich verstrich der September, ohne dass die Ärzte etwas unternahmen. Nichts, keinerlei Erklärung, weshalb Marion in solch bedenklichem Zustand war. Nach diesen Untersuchungen fragte ich mich ernstlich, ob meine Schwester vielleicht zu wenig deutlich gewesen war. Hatte sie möglicherweise sogar Angst vor der Wahrheit, und die Ärzte spürten dies? In einem entfernten Winkel des Bewusstseins ahnte ich, dass sie um den Ernst der Situation wussten, jedoch «dieser Mama» das Herz nicht noch schwerer machen wollten.

Trotzdem. Irgend etwas musste geschehen. Es durfte doch nicht sein, dass Marion so lange so schwer litt! Auch Dagi, Chris und Antonis – ja die ganze Familie war kaum noch in der Lage, dies weiter durchzustehen. Nächtelang lag ich wach und zerbrach mir den Kopf. Bis mir schliesslich der Gedanke mit der Frageliste kam. Ich setzte mich an den Computer und erstellte einen Spickzettel für meine Schwester. Dieser sollte ihr helfen, sich für das nächste medizinische Gespräch zu wappnen. Irgendwie wurde ich das Gefühl nicht los, dass Dagi dem Ärztelatein ausgeliefert war und nicht wusste, wie sie den Dingen auf den Grund kommen sollte. Für alle Fälle fügte ich auch Gegenfragen auf mögliche Antworten hinzu. Dagi zog es nämlich längst vor, anstelle von mir mit Mama ins Spital zu fahren. Wohl fürchtete sie, ich könnte Marions Kardiologe zu viele direkte Fragen stellen, womit sie nicht ganz unrecht hatte.

Die Enttäuschung folgte auf den Fuss, als Mama und Dagi nach Hause zurückkehrten. Die Ärzte hätten geschwiegen und ziemlich ratlos ausgesehen. Obwohl der Chefkardiologe freundlich lächelte, meinte Mama, deutlich gespürt zu haben, dass ihn grosse Sorge plagte in Bezug auf Marion. Es half alles nichts, wir kamen keinen Schritt weiter. Machtlos mussten wir zusehen, wie Marion immer mehr an Gewicht verlor und sich langsam von uns entfernte, ohne dass wir es uns recht bewusst waren.

Von diesem Augenblick an hatten Dagi und Antonis nur noch den sehnlichsten Wunsch, Marions «Rössli-Traum» schnellstmöglich zu erfüllen. Dies war im September. In fliegender Eile zog Dagi den Rat der Reitpädagogin herbei und setzte sich mit einer Pferdehändlerin in Verbindung. Für meine Schwester war von Anfang an klar, dass das «Rössli» nirgendwo besser aufgehoben und umsorgt wäre als im Stall von Karin Weber. Karin widmete den Island-Pferden ihr ganzes Leben und brachte mit Herzblut ihr umfangreiches Fachwissen in die artgerechte Haltung ein.

Während der nächsten Zeit begleitete die Reitpädagogin Dagi von einer Ranch zur anderen. Zusammen suchten sie ein «liebes, ruhiges Rössli», das sich für den Umgang mit behinderten Kindern eignete. Geplant war nämlich, dass das Pferd zeitweilig auch für Karins heilpädagogische Reitstunden zur Verfügung stand. In der Zwischenzeit kam die Händlerin zu Besuch und brachte Marion ein paar Bilder von prachtvollen Island-Pferden mit. Anhand eines Videofilmes zeigte sie, welche Pferde sich für Marion eignen würden. Die Kleine verliebte sich sofort in «Demantur», einen grau-weiss gefleckten Apfelschimmel, der eine herrlich lange Mähne besass. Marion durfte das Video ein paar Tage behalten und überlegen. Aber sie hatte ihr Traumpferd schon gefunden und blieb dabei. Als der Kauf perfekt war, waren wir unglaublich gespannt auf Demantur.

Demantur: Isländischer Name. Zu deutsch «Diamant». Aussprache: «u» wird zu «ü» Demantür. (Fast alle isländischen Pferdenamen enden mit «ur», z.B. Kleingur, Traumur, etc.

Oktober 2000

Die erste Oktoberwoche fing katastrophal an. Meine Schwester Lili und ich sollten nach Bali in die Ferien fliegen. Seit Wochen schon waren wir hin- und hergerissen, ob wir die Reise antreten sollten. Die Sorge um Marion liess uns keine Ruhe. Nun überraschte uns noch die Nachricht, dass der Pferdetrainer in Island uns von Demantur abraten wollte. Das Pferd hätte Potential für Wettkampfrennen und er wolle Demantur nicht hergeben. Nach dieser Nachricht lagen Dagis Nerven definitiv blank, denn Marion war voller Vorfreude auf Demantur. Allein der Gedanke an ihn linderte ihre Schmerzen und das tägliche Unwohlsein. Also beschlossen wir, Marion gegenüber zu schweigen und hofften, dass es eine letzte Verhandlungschance gab.

So kamen Lili und ich nach siebzehnstündiger Flugreise auf der Insel der Götter an. Niedergedrückt, traumatisiert durch den jahrelangen Druck, die Todesängste und das stille Dahinleiden.

Überall empfing uns das Gebimmel von Xylophonen, freundliches Lächeln und der Duft von Räucherstäbchen. Anstatt dass die Atmosphäre dieser Spiritualität unsere Seele beruhigt hätte, stimmte sie uns noch melancholischer. Es verging kein Tag, an dem wir nicht nach Hause telefonierten. Als Mama uns mitteilte, Marions Zustand hätte sich verschlechtert, sie läge im Spital und würde untersucht, wars aus mit den Ferien. Jeder, der mich anrief, bekam nur bitteres Schluchzen zu hören. Lili und ich zündeten Opferkerzen an und dachten jede Minute an die Kleine. Am Strand schrieben wir ihren Namen in den Sand und fotografierten ihn. Dann liessen wir die Wellen über uns hinwegspülen und fotografierten einander gegenseitig. Alles für Marion. Wir machten sogar einen Ausflug in den Affenwald, wo man die Primaten, die längst an Touristen gewöhnt waren, füttern konnte. Zu langweilig, dachten wir und nahmen einen Führer, der uns besonders tief in den Wald brachte. Damit waren wir den dreisten Affen, die uns regelrecht ansprangen und das Futter aus der Tasche rissen, völlig ausgeliefert. Zum Schluss mussten wir sogar um unsere Kamera kämpfen. Dies alles, um unser Mädchen mit einer ganzen Menge amüsanter Fotos aufzumuntern. Nur so konnten wir die Tage halbwegs geniessen. Fast alles, was wir taten, taten wir für Marion. Abends, wenn in der Schweiz der Morgen anbrach, riefen wir wieder zu Hause an, um Neuigkeiten zu erfahren. Endlich, so schien es, nahmen die Ärzte des Kinderspitals Marions Problem ernst. Dies, nachdem wir Monat für Monat vor ihren Türen gestanden und um Hilfe gebettelt hatten. Jetzt konnten wir nur noch hoffen, dass ihr Einsatz nicht zu spät kam. Marion wog im Oktober noch knapp 28 Kilo.

An dieser Stelle möchte ich festhalten, dass die Ärzte des Kinderspitals Marions Beschwerden jederzeit ernst genommen hatten.

124

Sie wussten aber auch, wie heikel diese zweite Shunt-Operation für Marions Herz gewesen war und, dass es danach kaum eine weitere Möglichkeit für einen chirurgischen Eingriff gab. Zuviel hatte Marions Herz schon leisten müssen. Letztendlich hofften die Ärzte darauf, dass die Zeit für sie arbeite und sich Marions Herz an den grösseren 10mm-Shunt gewöhnen würde. Da wir von all dem keine Ahnung hatten, weil uns das nie jemand gesagt hatte, war unsere Wahrnehmung verfälscht. Wie wir unlängst erfuhren, sind die Ärzte des Kinderspitals jedoch heute, aufgrund der Erfahrung mit Marion, mit der Grösse eines Shunts zurückhaltender geworden. Überdies reagieren sie deutlich früher, wenn der Körper sich auf die Shuntgrösse nicht einzustellen vermag.

Marion wurde vom 9. bis 17. Oktober 2000 hospitalisiert. Es gab zahlreiche Untersuche und Abklärungen, von Sauerstoff- und Lungendruckmessungen über EKG, Ultraschall, Schlaf- überwachung bis hin zu Hirnstrommessungen. Marion hielt sich während der ganzen Zeit sehr tapfer. Sie reklamierte nur einmal lautstark, als man ihr bei der Hirnstrommessung die Elektroden von der Kopfhaut entfernte und diese sich in ih- rem Haar verhedderten.

Am Tag, als Marion aus dem Spital entlassen wurde, sassen Lili und ich im Flugzeug zwischen Denpasar und Bangkok. Beim Zwischenstopp besuchten wir den «Wat Traimit», den Tempel des goldenen Buddhas. Dort legten wir für Marion Lotusblüten nieder, zündeten Kerzen und Räucherstäbchen an. Als wir noch immer nicht genug Opfergaben gemacht hatten, kauften wir alles Blattgold zusammen, das der alte Mann auf seinem Tischchen anzubieten hatte. Damit be- klebten wir die Buddhas ringsum und wünschten Marion mit jedem Blättchen Kraft zum Weiterkämpfen.

Am Tag darauf setzten wir den Weiterflug nach Zürich fort. Zu Hause angekommen, waren wir nur noch froh, unser

Herzmädchen in die Arme schliessen zu können. Es wirkte sehr blass und zerbrechlich. Nur mit Mühe gelang es uns, das Strahlen unserer Augen nicht erlöschen zu lassen. An Marions Bett stand eine Sauerstoffflasche, die die Lungenliga Zürich auf Anordnung der Ärzte installiert hatte. Marion benötigte fortan Sauerstoff während der Nacht. Doch von Anfang an hatte sie ja dieses Nasenvelo gehasst. Also probierte es Dagi, genauer gesagt Chris, mit der Sauerstoffmaske. Als ob dies selbstverständlich wäre, kroch er zu Marion ins Bett und machte ihr vor, wie es funktionierte. Damit wollte er seiner Schwester zeigen, dass es überhaupt nicht weh tat; was ihm auch hervorragend gelang. Marion ahmte es brav nach und merkte schliesslich, dass die Maske der Lungenliga nicht anders war als diejenige vom Spital. Lili und ich waren baff.

Als Dagi plötzlich und ohne Aufhebens mit Marion im Bad verschwand, sahen wir uns nur betroffen an.

«Gäll, bi arme Siech», sagte die Kleine, als sie wieder zurückkamen. Dies sagte sie jedesmal, nachdem es vorbei war.

«Ja, Schatz, das bist du», bestätigten wir. Damit war sie zufrieden und wickelte wieder einen ihrer Bändel um die Finger.

Wie erwartet lagen die Ergebnisse der Untersuchungen noch nicht vor. Wir mussten uns also gedulden. Ausserdem war noch eine Herzkatheterisierung für den 13. November vorgesehen. Am 13. November – in erst fünfundzwanzig Tagen! Es war zum Verrücktwerden, wie langsam alles vorwärtsging.

Austrittsbericht Kinderspital
vom 17. Oktober 2000

Diagnose: Trisomie 21, *modifizierter Blalock-Taussig Shunt /
Anämie / Pulmonale Hypertonie / Nächtliche SaO2 Abfälle /
Herzinsuffizienz (biventrikulär) / Abklärungen HR-CT Tho-*

rax, OCR, Herzecho. **Therapie:** *Lasix 10 mg (fördert Wasserausscheidung über die Niere) / Antra 20 mg (hemmt Magensäure bei Entzündungen von Magen u. Darmgeschwüren) / Aspegic 100 mg (gegen Schmerzen) / Aldactone 25 mg (Kalium sparendes wassertreibendes Medikament) / nächtliche Sauerstoffabgabe.*

*

Auf dem Internationalen Flughafen Reykjavik-Keflavik landete unterdessen die Schweizer Pferdehändlerin. Vor ihrer Abreise nach Island hatte sie Dagi fest versprochen, ein letztes Mal mit dem Trainer von Demantur zu verhandeln. Lange hatten wir gezittert, bis uns endlich die grandiose Nachricht erreichte: «Demantur wird auf seine Abreise in die Schweiz vorbereitet!» Sofort lief das Buschtelefon heiss. Als Mama dabei war, mir die frohe Botschaft zu verkünden, kippte ihr die Stimme weg. Dann weinten wir zusammen. Das alles ist jetzt sieben Jahre her.

Am Samstag vor der Herzkatheterisierung hauchte Marion mit Engelsstimme ins Telefon: «Veni, döfi dir cho …, döfi dir cho …?»

Ich zögerte keinen Moment und fuhr sofort nach Affoltern. Das rosa Rucksäckchen bereits gepackt, drückte Marion Dagi einen Kuss auf die Wange und winkte, bis wir um die nächste Ecke fuhren. Voll Freude und Stolz erzählte sie mir von Demantur, der «gli, gli chunt». Und weil wir gerade bei den Pferden waren, zeigte ich ihr, bevor wir zu Hause ausstiegen, sämtliche Pferdeställe im Dorf. Da das Gehen für Marion mittlerweile zu anstrengend geworden war, machten wir die Tour im Auto. Im Schritttempo holperte der Wagen über den Feldweg, an einem Bauernhaus vorbei. «Oh, lueg, Hund!», rief Marion. Ich hielt an. Der Hofhund, ein Appenzeller, kam herbeigerannt und bellte uns lautstark an. Marion zeigte ihm voll Vergnügen den Mittelfinger, um sich sogleich vor Lachen zu schütteln. Je aufgeregter der Hund bellte, desto ausgelassener das Gelächter. Plötzlich rief sie: «Fahre ..., fahre, Veni!»

Ich ging vom Bremspedal und rollte weiter. Marion kugelte sich fast vor Lachen. Nach fünfzig Metern hielt sie inne: «Umkehre, nomal ...!»

Also machte ich kehrt. Diesmal sprang der bellende Hund direkt vor Marions Fenster und kläffte sie an, was das Zeug hielt. Halb belustigt, halb erschreckt, zeigte sie ihm den Mittelfinger und kreischte: «Schnell weg, Veni!»

Während sich der Wagen entfernte, jauchzte sie vor Wonne. «Nomal, Veni, nomal ...!»

Das Ganze wiederholte sich ungefähr zehn Mal, bis es dem Hund zu blöde wurde und er sich hinter dem Haus verzog. Also kamen die Rössli, sämtliche Rössli von Weiningen, an die Reihe. Vor einem Stall wurden gerade zwei hohe, stolze Pferde gesattelt. «Usstige Veni ...!»

Marion steuerte auf den Schimmel zu. «Döfi ufstige ...?» Ich hielt sie an der Hand zurück: «Das geht nicht, Marion, das Rössli gehört der Frau.»

Die Pferdebesitzerin reagierte nicht.

«Döfi ufstige, ... döfi ufstige, ... döfi ufstige ...?»

Die Frau in den Reitstiefeln ging in den Stall und kam wieder zurück. Ich lächelte ihr zu: «Verzeihung, meine Nichte ist solch eine Pferdenärrin und reitet selbst. Darf sie ihr Pferd streicheln?»

Nun konnte die Pferdehalterin nicht mehr anders und winkte Marion herbei. Das Pferd war so hoch, dass Marion kaum seine Mähne berühren konnte. Sie strich dem Schimmel über den Bauch und sah mit Engelsblick zu der Frau auf.

«Döfi ufstige ...?»

Die Frau zögerte, dann konnte sie Marions Blick nicht länger widerstehen und hob sie in den Sattel.

Die Kleine strahlte vor Glück, streichelte die weisse Mähne und sprach voller Respekt zu ihm. Als er sie erhörte, den

Kopf umdrehte, um sie zu beschnuppern, wurde es Marion unheimlich.

«Abstige …, abstige!», flehte sie.

Das wars dann. Weiter gings zu den nächsten Pferdeställen. An der Dorfstrasse reckte ein grosser Brauner seinen Kopf aus dem Stallfenster. «Ahalte, Veni …»

Marion sprang aus dem Auto und lief direkt auf das Stallfenster zu. Erst musste jedoch ich das Pferd streicheln, bevor sich Marion getraute. Inzwischen hatte sie Achtung vor den grossen Viechern. Während ich einen Moment nicht aufpasste, schlüpfte sie unter dem Seil, das die offene Stalltür absperrte, durch.

«Oh, Veni, lueg Poneli …», rief sie.

Ich stieg ihr nach und erblickte ein Pony in der zweiten Box. Als wir wieder hinaus wollten, versperrte uns der grosse Braune mit dem Kopf den Weg. Der Stall war winzig klein und der Gang ein enger Schlauch.

«Scheisse», brummelte Marion und versuchte, sich klein zu machen.

Doch das Pferd reckte seinen Hals noch weiter über die Box hinaus. Sie wich zurück und erschauerte vor Bammel. Ich hiess sie, stehen zu bleiben und zu warten. Dann nahm ich allen Mut zusammen und zwängte mich an dem Pferd vorbei.

«Ich werde ihn jetzt ans Stallfenster locken, damit du den Weg frei hast. Okay, Schatz?»

Es klappte. Wir hatten den Kerl überlistet. Ich war ganz stolz auf mich. Nächstens würde ich mich auch noch in Pferde verlieben.

An jenem Tag spielte ich zum ersten Mal mit dem Gedanken, bei Karin Weber Reitstunden zu nehmen. Ich stellte mir vor, wie aufregend es wäre, mit Marion und Demantur über Felder und Wege entlang der Reuss zu reiten. Scheinbar war der Ernst ihres Zustandes noch nicht in mein Bewusstsein gedrungen.

November 2000

Der November verging, die Herzkatheterisierung war überstanden – und noch immer kein Demantur in Sicht. Dies strapazierte unsere Nerven bis aufs Äusserste. Dagi setzte alle Hebel in Bewegung, um den Pferdetransport zu beschleunigen. Dabei wusste sie kaum mehr, wie sie Marion die ständigen Verzögerungen erklären sollte. Die Zeit lief uns buchstäblich davon. Der Papierkrieg um die Geldüberweisung war längst über die Bühne gegangen. Die Teilzahlung für den «Ankaufsuntersuch», bei dem die Beine des Pferdes geröntgt werden, war entrichtet. Auch hatte Dagi eine Versicherung abgeschlossen, den Tierarzt für die Impfung und den Hufschmied für das erstmalige Beschlagen organisiert. Kurz: Tür und Tor standen offen für Demantur.

Die Pferdehändlerin konnte Dagi immer nur beteuern, dass alles ordentlich verlief. Sobald alle Formalitäten erledigt seien, würde Demantur nach Luxemburg ausgeflogen. Von dort ginge es dann per Pferdetransporter weiter nach Deutschland und in die Schweiz.

Obwohl Marion täglich schwächer wurde, mittlerweile noch knappe 27 Kilo wog, loderte bei ihr ein Flämmchen neuer Lebensfreude. Dennoch waren wir mit den Nerven fast am Ende. Vergessen und allein gelassen fühlten wir uns auch von den Ärzten des Kinderspitals. Die medizinische Besprechung, die aufgrund der vorliegenden Untersuchungsergebnisse überfällig war, wurde von einer Woche zur anderen hinausgezögert. Kurzum, es war kein Demantur, kein Gesprächstermin in Sicht. Von nun an lief alles wie in Zeitlupe ab.

Dezember 2000
Marion und Grösi

Anfang Dezember kam plötzlich Leben in Grösi. Sie befand, Marion müsse schnellstens aus der lähmenden Isolation ihres Daseins heraus. Das Kind brauche Abwechslung, frische Luft – was weiss ich! Ob Schnee oder Regen steckte sie Marion nun jeden Tag in den Buggy, der einst verstaubt im Keller gestanden hatte. Behutsam wickelte sie die Kleine, die sehr müde und geschwächt war, in warme Decken ein und – los ging der Marsch. Und siehe da, Marion zeigte wieder Freude am Leben. Sie fing an zu singen und zu lachen unterwegs. Eine ganz spezielle Abwechslung war für sie, wenn Grösi mit ihr im Dorf unten am Buffet der Migros-Imbissecke vorbei kutschierte. Marion durfte dann jeweils auf alles zeigen, was ihr Herz begehrte. Grösi hatte bereits ihren Stammtisch in der Nähe der Spielecke. Sie packte Marion aus den Decken und setzte sie an den Tisch – egal, wie viele Leute erstaunt zusahen. Jedesmal blickte unser Mädchen mit traurigen Augen auf den Teller und sagte: «Gösi, ich mag nöd …, ich mues chötzle.»

«Macht nüt, min Schatz, muesch nöd, wenn nöd magsch.»

Grösi räumte wieder ab und schob das volle Tablett in den Geschirrwagen. Danach lief Marion zufrieden und glücklich in die Kinderecke. Sie setzte sich auf ein Kissen und schaute sich einen Kinderfilm an. Wenn sie genug hatte, setzte Grösi sie wieder in den Buggy und schob sie nach Hause. Es war jedesmal eine Mordsanstrengung für unsere Mutter. Marions Zuhause lag nämlich etwas oberhalb des Dorfes, an einem Hang. Spätestens auf halbem Weg ging Grösi die Puste aus; Lumpenlieder konnte sie schon gar keine mehr mitsingen. Marion fand das zum Schiessen und hielt sich den Bauch vor Lachen. Zwischendurch feuerte sie Grösi provokativ an, weiter zu schieben.

Dieses Ritual setzte unsere Mutter den ganzen Dezember über fort. Wenn Marion nach den Spaziergängen die Augen zufielen, konnte Mama endlich ihren Tränen freien Lauf lassen. Sie spürte, was Marions Übelkeit und Gewichtsabnahme anging, dass die Kleine sich in äusserst kritischem Zustand befand.

Deshalb wohl mietete Dagi eine ganze Waldhütte für den Samichlaus. Die Aussicht auf «ihren» Chlaus verlieh Marion einen unverhofften Energieschub, der sie sage und schreibe vom Bett aufstehen liess. Ungefähr ein Dutzend Kinder mit ihren Eltern füllten am 6. Dezember die reich dekorierte Waldhütte. Gewiss war niemandem wirklich nach Feiern zumute. Doch der Zusammenhalt dieser Gemeinschaft war einfach enorm. Dagi zuliebe brachten die Väter gute Laune und die Mütter selbstgebackenen Kuchen mit. Ihren Teil steuerten Dagi und Antonis mit einem feinen Chlaus-Essen bei.

Marion konnte den Tag kaum erwarten. Trotz Erschöpfung schleppte sie mit Philipp einen Heuballen nach dem anderen in die Scheune. Alles für die «Eseli», damit sie nicht frieren müssten. Den Rest des Abends verbrachte sie dann aber völlig k.o. auf den Knien ihres geliebten Samichlaus. Zum ersten Mal ohne Lieder, ohne Gitarre, ohne Verse. Aber es tat gut, den Glanz in ihren Augen zu sehen.

9. Dezember 2000
Endlich, das Gespräch mit den Ärzten

Vollkommen aufgeregt setzte sich Dagi hinter das Steuer des Wagens. Grösi auf dem Nebensitz, für alles gewappnet, war bereit, den Kampf aufzunehmen. Diesmal würde kein Vertrösten mehr akzeptiert, darüber war man sich einig. So schlugen sie den Weg Richtung Kinderspital ein.

Zu Hause warteten wir angespannt darauf, endlich zu erfahren, was die Ärzte unternehmen wollten. Nach achtmonatigem Kampf mit dem Kinderspital waren wir noch immer im Ungewissen, wo der Grund für Marions Erbrechen und ihre Angstzustände lag. Als Dagi und Grösi vor dem Büro des Chefkardiologen standen, holten sie tief Luft. Dann klopften sie an. Die Tür öffnete sich und der Kardiologe, den sie seit Jahren kannten, bat sie mit ernstem Gesicht herein. Ihr Blick fiel auf einen zweiten Arzt, der sich sogleich erhob und sich als Kinderherzchirurg vorstellte. Marions Kardiologe wollte wissen, wie es der Kleinen ging. Er fragte, ob sie die Sauerstoffmaske nachts auch wirklich trage, wie es mit dem Essen ginge, wie schwer sie im Moment sei und anderes mehr. Als Dagi antwortete, Marion hätte weiter abgenommen und wöge nur noch 26 Kilogramm, verzog er keine Miene. Stattdessen notierte er alles fein säuberlich auf ein Blatt Papier. Zwischendurch steckte ihm der Herzchirurg etwas in «Ärztelatein» zu, wovon Dagi und Grösi sowieso nichts verstanden.

«Es ist nun so …», begann der Arzt. «Wir haben Marion während neun Tagen auf alles Mögliche untersucht». Dann zählte er jedes Ergebnis einzeln auf. «Nach umfassender Auswertung aller Resultate müssen wir nun annehmen, dass sich Marions Körper auf den zweiten, grösseren Shunt, nicht einzuspielen vermag.»

Dagis und Grösis Augen hefteten sich gebannt an die Lippen des Arztes. Ihre Blicke verlangten verzweifelt nach Antworten.

«Aufgrund dessen nehmen wir an, dass Marions Übelkeit und Appetitlosigkeit von dort herrührt.» Der Herzchirurg nickte beipflichtend. Dagi spürte, dass sie auf den eigentlichen Kernpunkt noch nicht zu sprechen gekommen waren, gleich aber damit herausrücken würden.

«Sollte Marion weiter an Gewicht verlieren», fuhr er fort, «könnte die Situation ernst werden. Sehr ernst.»

Der Arzt legte eine Sprechpause ein, als hoffe er, Dagi könne ihm bei der schweren Aufgabe helfen, indem sie wenigstens eine Zwischenfrage stellte. Aber meine Schwester sass da wie versteinert. Sie hatte es geahnt. Schon in dem Moment, als sie vor den Ärzten Platz genommen hatte, war ihr klar gewesen, welche Nachricht sie ihr geben würden.

«Nun, also», fuhr er fort, «wenn Marion bei 23 bis 24 Kilogramm angelangt ist, wird es so kritisch, dass ihr Kreislauf und die Organe versagen könnten.»

Mama hielt eine Hand vor den Mund gedrückt und liess ihren Blick zwischen Dagi und den Ärzten hin und her springen.

«Das bedeutet also», brachte Dagi mühsam hervor, dass Marion langsam verhungern muss?»

«Selbstverständlich würden wir Sie und Marion bis zum Schluss begleiten. Marion braucht nicht zu leiden, wir würden alles daran setzen, damit sie ganz ohne Schmerzen gehen könnte.»

Fassungslos sassen die beiden Frauen da. Währenddessen erläuterte der Herzchirurg eine Methode, die zur ganzheitlichen Linderung von Beschwerden, die hinsichtlich einer Krankheit, die in ein unheilbares Stadium eingetreten war, angewendet würde.

Sie hatten begriffen. Sehr gut sogar. Es soll gewissermassen ein behutsamer Übergang sein, ein gedämpftes Hinübergleiten in die Ruhe. Weinen? Aber nicht einmal dazu war Dagi nun im Stande. Sie konnte sich nicht rühren, kaum einen Muskel bewegen. Stattdessen sass sie noch immer reglos auf dem Stuhl, die schlaffen Hände im Schoss, die Augen ins Leere gerichtet und mit losgelöstem Verstand.

Nach einigen Sekunden des Schweigens kam plötzlich Leben in unsere Mutter. Energisch warf sie den Ärzten hin, dass Marion noch eine Chance verdient hätte.

«Dieser Meinung waren wir selbstverständlich auch», sagte der Kardiologe, «doch riet uns der erfahrene Herzchirurg des Universitätsspitals, der Marion zuletzt operiert hatte, strikte von einem weiteren Eingriff ab. Marions

Herz sei dieser Belastung nicht mehr gewachsen.»

Grösi wollte nicht glauben, was sie zu hören bekam. Inzwischen war auch Dagi aus ihrem Schock erwacht und kämpfte wortreich um eine allerletzte Chance für Marion. Nach langem Hin und Her gab der Kinderherzchirurg schliesslich ein Zeichen, das neue Hoffnung schöpfen liess.

«Ich hätte da schon eine Idee», begann er und zeichnete eifrig eine Skizze auf ein Blatt Papier.

Die Herzen der Frauen begannen zu pochen. Wie trunken hielten sie sich an dem letzten Strohhalm fest, der ihnen zugestreckt wurde. Anhand der Zeichnung und mit einem Stift erklärte ihnen der Chirurg, wo die beiden Shunts, die Lungenarterie und das Herz lagen. Dann sagte er: «Ich könnte mit einem ganz kleinen Eingriff, der Marions Herz nicht allzusehr strapazieren dürfte, die Lungenschlagader abklemmen. Damit würde der zu hohe Lungendruck, welcher der 10mm-Shunt verursacht, behoben werden.»

Der Kardiologe blickte seinen Kollegen erstaunt an und sagte: «Bist du sicher, das du das tun willst?»

Dagis und Grösis Herz standen für einen Moment still. Doch dann antwortete der Chirurg seelenruhig: «Ja, ich will es versuchen. Marion hat diese letzte Chance verdient.»

Am liebsten wären die verzweifelten Frauen ihm um den Hals gefallen. Man einigte sich darauf, dass die Operation besser nach Weihnachten stattfinden sollte, genauer gesagt, am 3. Januar – dem Tag, als ich geboren wurde.

So fuhren Dagi und Grösi völlig aufgewühlt nach Hause. Zum einen von Hoffnung erfüllt, zum anderen in der Gewissheit, dass wir Marion möglicherweise verlieren könnten. Doch dies wurde geflissentlich verdrängt. Das konnte, durfte nicht sein. Punkt. Stattdessen setzten wir alle verbleibenden Hoffnungen auf unseren Herzchirurgen.

10. Dezember 2000
Engel weinen nicht

In der Folgezeit hatte Dagi die schmerzliche Aufgabe, ihrem geliebten Kind beizubringen, dass eine erneute OP bevorstand. Sie erklärte Marion, dass dies das allerletzte Mal sei und sie danach endgültig ein gesundes Herz habe.

«Nei, kei Operation», sagte Marion bestimmt.

«Aber Schatz, bald kommt Demantur und er möchte bestimmt, dass du gesund bist. Er freut sich doch schon darauf, dass du jeden Tag mit ihm ausreitest.»

«Ja, Marion», warf Chris ein, «muesch kei Angscht ha, ich chume mit operiere.»

Marion rollte die Augen vieldeutig, als wollte ihr Blick sagen: «Du bist der allergrösste Schatz, den es gibt, aber du hast Null Ahnung.»

Am nächsten Tag kam ein Anruf der Pferdehändlerin. DEMANTUR sei im Anzug und bereits mit dem Transporter von Luxemburg in die Schweiz unterwegs! Diese Botschaft verbreitete sich innert Kürze vom ganzen Quartier bis nach Griechenland. Jedermann atmete erleichtert auf. Mama und ich hatten längst nur noch zum Himmel gebetet. Bald täglich riefen wir einander mehrmals an, auch wenn es keine Neuigkeiten gab. In dieser schweren Zeit wuchsen wir alle noch enger zusammen.

Marion konnte zwar keinen Freudentanz mehr hinlegen, aber ihr von Schmerz gezeichnetes Gesicht überstrahlte alles. Nur noch zwei Mal schlafen, dann würde sie Demantur drücken können.

Demanturs Ankunft

Der 13. Dezember war der Tag, an dem jedes Jahr der Christbaum geschmückt wurde. Zugleich war es Dagis Geburtstag. Antonis kochte dann immer ein feines Essen und die Kinder bestaunten die leuchtenden Kugeln und Lamettafäden vom Tisch aus.

Dieses Jahr hatte Dagi jedoch absolut keine Nerven mehr, den Baum zu schmücken. Also bat sie Grösi, diese Aufgabe zu übernehmen. Die Kinder sollten nicht merken, dass etwas anders war als sonst. Aber zuerst wollten wir Demantur, dessen Ankunft wir alle so sehnlichst erwartetet hatten, in Empfang nehmen.

Seit Marion wusste, dass er unterwegs war, fieberte sie dem grossen Moment entgegen. Die ganze Nacht hatte sie kein Auge zugetan. Alle paar Stunden lief sie ins Zimmer von Mama und Papa und sagte: «Wän chunt Demantur …, wän chunt mis Rössli?» Morgens um sieben war sie schon angezogen, hatte Äpfel und Würfelzucker in die Tasche gesteckt. Abends um halb neun war es dann endlich soweit: der Pferdetransporter aus Luxemburg traf ein. Gespannt hatten wir schon eine volle Stunde im Stall gewartet. Marion hatte sich extra schön gemacht für Demantur. Im Haar trug sie eine apricotfarbene Schleife, passend zu ihrem Pullover.

Als Demantur wiehernd aus dem Transporter stolperte, schrak Marion zusammen und lief schnurstracks zum Stall zurück. Von der Sattelkammer aus warf sie skeptische Blicke durchs Fenster, verfolgte ganz genau, wie Mama den Isländer am Halfter über den Platz führte. Als die Hufe über den Stallboden klapperten, fing Marion sogleich zwischen der Tür hindurch spähend an, zu debattieren. «Mama, chum da, – pass uf, oh Gott! Mis Rössli …» Als Demantur endlich in seiner Box untergebracht war, kam die Kleine mit strahlendem Gesicht daher. Sie begrüsste ihn mit Leckerli, streichelte seine Nüstern, dann die Stirn und er beschnupperte sie neugierig. Die beiden boten ein rührendes Bild. Selbst die Reitstallfreunde waren hingerissen, machten Marion grosse Komplimente für das schöne Rössli, das sie ausgesucht hatte. Er war ja auch wirklich apart mit seinem grauweiss gefleckten Fell und der prächtigen Mähne.

Als Grösi schliesslich merkte, dass es Marion zuviel wurde, zog sie sich mit ihr in die Sattelkammer zurück. Kaum sass die glückliche Prinzessin auf ihrem Schoss, fiel der Kopf zurück und die Augen zu. Was für ein wundervoller Tag für Marion!

Am nächsten Morgen stürmten die Nachbarskinder voller Erwartung ins Haus. Doch Mama vertröstete Angi und Philipp auf später. Die Tür zu Marions Zimmer blieb angelehnt. Sie hatte wieder mal Bauchschmerzen, wurde von Übelkeit und Schwindel geplagt und war sehr, sehr müde. Gleich darauf flogen draussen Schneebälle hin und her, die Kinder hatten herumgetollt und gelacht, getan als wäre nichts geschehen.

Am Nachmittag stieg Dagi in den Keller und suchte die Weihnachtskugeln hervor. Schachtel für Schachtel schleppte sie in die Wohnung und stellte sie neben den duftenden Nadelbaum auf den Boden. Dort blieben sie vorerst liegen.

Als Chris vom Kindergarten nach Hause kam, stieg Marion aus dem Bett und sah schon wieder viel besser aus. Mami zog ihr rasch warme Kleider an, verfrachtete sie und Chris ins Auto und ab gings zu Demantur in den Stall. Dagis Tagesablauf, ja das ganze Leben und das gesamte Universum, richtete sich nur noch nach Marion. Dabei vergass Dagi niemals ihren Chris. Sie genoss und vergötterte ihn jede einzelne Minute, in der Marion schlief.

Als Grösi am Nachmittag den Christbaum schmücken kam, kehrten sie gerade vom Stall zurück. Marion hatte zusehen dürfen, wie der Schmied Demanturs Hufe beschlug. Dabei passte sie gut auf, dass alles mit rechten Dingen zuging. Als der Hufschmied seine Arbeit verrichtet hatte, durfte Marion das erste Mal auf Demantur reiten. Mami führte sie ein paar Schritte im Hof umher und Marion strahlte still vor sich hin. Früher hätte sie Luftsprünge gemacht, laut gesungen und gejauchzt vor Wonne.

Als Grösi die Schar nun empfing, sah Marion sehr blass

aus und hatte bläuliche Lippen. Während Dagi den Hund begrüsste und Chris die Stiefel auszog, steckte Grösi Marion in einen Pyjama und bettete sie aufs Sofa. Bedächtig blickte die Kleine auf die vielen bunten Christbaumkugeln, die auf dem Tisch bereit lagen. Marion freute sich für gewöhnlich lange voraus aufs Christbaum-Schmücken. Doch jetzt fehlte ihr jegliche Kraft dazu.

Dagi ertrug den Anblick nicht länger. Als Chris Grösi die erste Kugel reichte, nahm sie die Leine von der Garderobe und verschwand mit dem Hund aus dem Haus. Sie kehrte erst wieder zurück, als es eindunkelte.

Gottseidank fand Dagi seit jeher keinen Geschmack an Alkohol, sonst hätte sie sich wohl an diesem Tag dem Trunk ergeben. Stattdessen lief sie mit Kira tief in den Wald hinein und war traurig. Tieftraurig. Lange lief sie dort ziellos, bekümmert und halb blind vor Tränen umher. Zwischen den schneebedeckten Tannen blickte sie zum Himmel – dem Himmel, der ihr dieses Kind geschickt hatte – dem Himmel, der ihr nun ihr Liebstes zu entreissen drohte. Kira schien Dagis Trauer zu spüren. Sie schmiegte sich eng an sie und trampelte ihr mit den Pfoten auf den Stiefeln herum. Dagi kniete nieder und drückte Kira fest an sich. Derweil führte Marion vom Sofa aus Regie, welche Christbaumkugel wo hingehängt werden musste. Chris übernahm die Auswahl aus den Schachteln. Er liebte winzige, feine Dinge und ging sehr sachte um mit den Kugeln. Zum Schluss kamen «Schöggeli» in Tannzapfen- und Herzform an die Reihe, von denen Chris öfter Mal eines in den Mund schob. Marion winkte bloss ab, wenn er ihr eines zustecken wollte.

Gerade als Grösi die leeren Schachteln im Keller verstauen wollte, kehrte Dagi mit Kira zurück. «Lass nur, ich bringe die Kartons selbst runter», sagte Dagi monoton. Kaum war Kira von der Leine, spulte der Hund auf den Christbaum zu. Dagi entfuhr ein heller Schrei. Die Kinder und der Hund schreckten zusammen. Unsere Mutter beobachtete die Szene voller Sorge, denn ihr wurde klar: Je länger das Leiden unser Leben zugrunde richtete, desto gereizter und dünnhäutiger wurden wir alle.

Wut und Ohnmacht

Seit der Christbaum stand, wollte meine Schwester von niemandem mehr etwas hören und sehen. Dem einzigen Menschen, dem es bisweilen gelang, Zugang zu Dagis geschundener Seele zu finden, war unsere Mama.

An einem dieser Tage teilte ich Mama meine Sorge um Dagi mit. Auch hatte ich plötzlich das tiefe Verlangen, mit meiner Schwester einmal offen über unsere Ängste und Gefühle zu sprechen. Über die bevorstehende OP, Marions Zustand und – dass wir sie vielleicht verlieren könnten. Aber Mama flehte mich an, Dagi um Gottes Willen nicht darauf anzusprechen. Sie wolle kein Wort darüber verlieren, geschweige denn ihre verborgendsten Gefühle offenlegen. Schliesslich würde ich meine Schwester kennen! Sie reagiere bloss mit Aggression darauf. «Aber das geht doch nicht!», stiess ich hervor und schluckte den Kloss im Hals hinunter, «wir können doch nicht ewig schweigen darüber …» Meine Stimme versagte, ich schluchzte nur noch ins Telefon.

Einmal mehr schaffte es Mama, mich zur Besinnung zu bringen und zu akzeptieren, was nicht geändert werden konnte. Danach sprachen wir über Weihnachten.

Ich verstand gut, dass Dagi dieses Jahr kein Familienfest bei sich zu Hause abhalten wollte. Die anderen waren jedoch enttäuscht. Ich versuchte sie zu überzeugen, dass wir aus Respekt vor Dagis Gefühlen darauf verzichten sollten. Doch es nützte nichts. Dagi war und blieb ein Mensch, der es allen recht machen wollte. Zwei Tage vor Heiligabend gab sie nach, unter der Bedingung, dass die Gäste gleich nach dem Essen wieder verschwänden. Damit konnten alle leben. Wie es aber um Dagi stand, nebst der Arbeit, die sie mit dem Fest hatte, überlegte sich anscheinend niemand.

Also beschloss ich, hinzufahren, um bei Bedarf den «Rausschmeisser» zu spielen. Dass ich mich dabei nicht unbedingt beliebt machen würde, war mir in dem Moment egal. Für mich zählte nur noch Dagi. Sie durfte auf keinen Fall einen Nervenzusammenbruch erleiden. Dies wäre für die Kinder eine Katastrophe gewesen, an die ich nicht zu denken wagte.

Als ich am 24. Dezember die mit Kerzen beleuchtete Stube betrat, herrschte Stille. Traurige Stille. Vor dem Weihnachtsbaum ins Sofa gebettet lag Marion, zu ihren Füssen hockte Chris. Ich spürte, dass auch er traurig war. Über den Bildschirm flimmerte ein Kinderfilm, fast ohne Ton. Ich setzte mich zwischen die Kinder und drückte sie an mich. Marion blickte mich wehmütig aus dunkel umrandeten Augen an. Als ich das zierliche Händchen umschloss, bemerkte ich, wie schrecklich dünn ihre Handgelenke geworden waren. Marion so anzutreffen liess mich beinahe verzweifeln.

Als gleich darauf die Haustür ging und der Rest der Familie eintraf, verkrampfte sich mein Magen. Ich ging zur Küche und hoffte, dass ich Antonis etwas helfen konnte. Wortlos schenkte er mir ein Glas Wein ein, prostete mir zu und sah mich mit feuchten Augen an. Es war zum Verrücktwerden.

Am Tisch achtete ich darauf, dass ich den Platz ihm gegenüber nicht einnehmen musste. Soweit war es schon gekommen mit mir.

Bis auf den Moment, wo sich die Kinder über die Weihnachtsgeschenke hermachten, verlief der Abend in Trübsinn. Marion freute sich sehr über den schnittigen Pferdesattel von Lili. Natürlich wurde sie mit Pferdezubehör förmlich überhäuft. Von Grösi erhielt sie eine Box, gefüllt mit Belohnungs-Leckerli für Dematur.

Als der Kartoffelsalat und das Filet Wellington aufgegessen waren, begann ich den Tisch abzuräumen. Dagi folgte mir sogleich mit ein paar Tellern in der Hand. Ich erinnere mich, etwa Folgendes gesagt zu haben: «Schau, Dagi, ich mache den Abwasch, damit du dich um Marion kümmern kannst.» Stattdessen setzte sich meine Schwester aber wieder an den Tisch und kümmerte sich um die Gäste. Marion hatte sich längst in ihr Zimmer zurückgezogen. Obwohl ich das brennende Verlangen hatte, zu ihr zu gehen, wollte ich erst die Küche erledigen. Warum? Weil ich mich irrsinnig sorgte um Dagi. Ich wollte ihr jegliche Anstrengung vom Leibe halten und tat freiwillig Dinge, die ich sonst verabscheute. Marions Köpfchen halten, wenn sie sich übergab, machte mir gar nichts aus, im Gegenteil, es weckte unendliche Fürsorge in mir. Aber schmutziges Geschirr anfassen – da fühlte ich absolut nichts dabei, dies war mir bloss ein Gräuel.

Lili tat das einzig Richtige. Sie gesellte sich zu Marion und genoss die Kleine, so lange, bis ich fertig war mit der Küche. Danach lief ich schnurstracks zu ihnen ins Zimmer. Im Vorbeigehen ermahnte ich die Runde, nun den Kaffee zu trinken, da wir ja bald aufbrächen. Lili lag neben Marion auf dem Bett und spielte ihr mit den Teletubbies eine Geschichte vor. Als mich die Kleine erblickte, klopfte sie mit der flachen Hand auf die Matratze: «Chum da, Veni, liege …»

Ich bekam «Tinky Winky» und «Dipsy» in die Hand. «Hallo», Laa Laa, hallo Po», rief ich die Puppen von Lili. Sie drehten sich um, lauschten, dann kamen sie singend und summend dahergetrippelt. Voll Freude begrüssten sie die zwei dazugekommenen Teletubbies. »Oh, Tinky Winky, hallo, Dipsy …»

Marions Augen folgten ihnen gespannt. Selbst wenn sich ihre Mundwinkel nur zu einem müden Lächeln verzogen, wussten wir, dass sie glücklich war in unserer Mitte. Wenig später ging ich ins Wohnzimmer zurück und fand noch alle beisammen am Tisch. «Lasst uns aufbrechen», bat ich, «es ist Zeit geworden, Marion braucht ihre Mami wieder.» Doch niemand schien zu begreifen.

«Vreni», sagte Antonis, «sitz jetzt ab und trink erst mal einen Kaffee.»

Dagi, die gerade dabei war, frischen Kaffee aufzubrühen,

kam mit einer Tasse aus der Küche. «Ich seh mal nach Marion», sagte sie und verschwand.

«Sitz jetzt ab, Vreni», beharrte Antonis.

Widerwillig kam ich seinem Wunsch nach und trank den Kaffee, so schnell ich konnte. Die Handtasche lag bereits auf meinem Schoss, die Muskeln angespannt, bereit zum Aufstehen. «Nun gut», insistierte ich noch einmal, «lasst uns jetzt gehen.»

Als man sich nur schleppend erhob, alles nochmals eine Ewigkeit dauerte, bekam ich allmählich eine Wut im Bauch. Zuhause angekommen, erschien mir meine besessene Sorge plötzlich als der Gipfel der Sinnlosigkeit.

Am Morgen des 31. Dezember flogen Franz und ich für zehn Tage nach Teneriffa. Lange hatte ich gerungen mit mir, ob ich die Reise antreten sollte. Aber Franz konnte mein verzweifeltes Bedürfnis, in der Nähe von Marion zu bleiben, überhaupt nicht verstehen. Für ihn gab es keine Diskussion. Letztlich gab ich dem Frieden zuliebe nach.

Während wir nun im «Jardin Tropical» am festlich gedeckten Tisch tafelten, stieg zu Hause eine Silvesterparty. Jawohl, man höre und staune: Eine Silvesterparty! Seit dem letzten Arztgespräch stiegen und sanken Dagis Gefühle wie das Quecksilber des Fiebermessers. Mal suchte sie Ruhe im Alleinsein, dann Ablenkung bis hin zu verzweifeltem Jubel und Trubel. Was Dagi jedoch noch immer nicht zuliess, war, über ihre Ängste zu sprechen. Mit allen Mitteln versuchte sie diese zu verdrängen. Ich dagegen suchte meine innere Not mit Worten unterzukriegen, weil ich sonst das Gefühl bekam, daran ersticken zu müssen. Doch genau dies passierte nun. Mein Mann hatte nämlich keinerlei Gehör für meine Ängste, Mama weinte viel am Telefon und Lili betäubte sich mit Alkohol. Es war das reinste Dilemma.

Doch zurück zu Silvester. Alles begann damit, dass Dagi ihrem Mädchen, kurz bevor es das Köfferchen fürs Spital packen musste, eine Freude bereiten wollte. Nebst Feuerwerk, Tischbomben und Fleischbällchen wurde auch ein befreundetes Ehepaar mit ihren drei Kindern erwartet. Dagis Absicht bestand vor allem darin, Marion und Chris das Gefühl zu geben, alles wäre in bester Ordnung.

Es kam aber anders als geplant. Sowie die Vorbereitungen für das Fest liefen, kramte die Kleine ihren Rucksack hervor, steckte den Pyjama hinein und sagte: «Wet Grösi schlafe gah …»

Weder die Aussicht auf ein glitzerndes Feuerwerk noch sämtliche Überredungskünste von Mami und Papi vermochten sie umzustimmen. Marion bestand darauf, zu Grösi zu fahren. Sie brauchte Stille, keinen Lärm.

In jener Silvesternacht erlebte Grösi *die* Überraschung mit Marion. Kaum hatte Dagi ihrem Mädchen den Rücken zugewandt, war die Kleine überaus vergnügt. Etwas, was ja schon lange nicht mehr der Fall gewesen war.

«Chum, Gösi, Chuchi», rief sie in freudiger Erwartung.

Grösi staunte nur. Dann stiegen sie zusammen in die Küche und bereiteten ein kleines Essen zu. Marion durfte sich alles aus dem Eisschrank angeln, was ihr gefiel. Danach wurden die Lebensmittel kleingehackt und Grösi musste essen. Marion sass ihr gegenüber und sah ihr dabei gelassen zu. Mal verdrehte sie die Augen auf drollige Weise und sagte: «Gösi dicke Buch …» Dann platzten sie heraus vor Lachen. Schliesslich hielt Marion inne, verschränkte ihre Arme auf dem Tisch und legte den Kopf schräg. Ernst sah sie Grösi, die auf einem Bissen kaute, in die Augen. Dann klang es mit bittersüsser Stimme: «Gäll, chunsch mit in Spital …?»

Himmel, was ging bloss in diesem Köpfchen, dem Herzen vor, dachte Grösi. Woher nahm das Kind plötzlich all die Kraft und Unerschütterlichkeit?

Marion sprang vom Stuhl, schlang die Arme um Grösis Hals und küsste sie ab. Je mehr sich diese vor Lachen schüttelte, desto wilder trieb Marion ihr Spielchen. Schliesslich wollte sie statt im Bett auf dem Sofa im Wohnzimmer schlafen. Also wurden Möbel gerückt, Decken und Kissen herbeigeschleppt, um ein Nest zu bauen. Marion führte Regie und lachte sich dabei krumm über Grösi. Als das Lager hergerichtet war, musste sich Grösi zu ihr legen. Dabei packte die Kleine ihre Grossmutter immer wieder von neuem und küsste sie voller Lumperei ab. Marion benahm sich bald, als gäbe es kein Morgen mehr, sondern nur noch diesen einen Moment.

Langsam beschlich Mama ein seltsames Gefühl. Irgendwo, in einem entlegenen Winkel ihres Bewusstseins, ahnte sie, dass dies ein Zeichen des Abschieds war. Ein letztes Aufbäumen in einem längst verlorenen Kampf. Ihre Gedanken behielt Mama jedoch für sich. Mir gegenüber äusserte sie jedenfalls nichts, als ich am Neujahrstag von Teneriffa aus anrief.

Im Verlauf der Nacht hatte Marion nur noch den Wunsch, in den Armen ihrer Grossmutter zu liegen. Doch auf diese Weise konnte unser Mädchen sowieso nicht einschlafen. Also wechselten sie ins Schlafzimmer hinüber. In der Hoffnung, Marion würde endlich müde, kraulte ihr Grösi abwechslungsweise Rücken und Arme. Das Knallen der Feuerwerkskörper war längst verebbt, das Neue Jahr eingeläutet, als Marion mit einem Mal still wurde. Vorsichtig zog Grösi ihre Hand zurück. «Himmel, das darf nicht wahr sein», dachte sie, als Marion sich flugs umdrehte und sie laut lachend beim Arm packte: «Gäll Grösi, chunsch mit in Spital … He, muesch nöd schlafe, tue verzellä …»

So ging das die ganze Nacht über, bis es hell wurde im Schlafzimmer. Dann wandte Marion ihr Gesicht Grösi zu, setzte eine Unschuldsmiene auf und sagte: «Mami alüte …»

Eine Viertelstunde später stand Dagi genau so, wie sie ihr Bett verlassen hatte, an Mamas Haustür. Voller Sehnsucht schloss sie die Kleine in die Arme und stieg mit ihr in den Wagen. Marion winkte schelmisch, kein bisschen müde, zurück.

1. Januar 2000
Teneriffa – Schweiz

Das Wetter auf Teneriffa war strahlend, perlend, kristallklar, wundervoll – ein Horror. Beim Blick aus dem Fenster spürte ich nichts als dumpfe Beklemmung. Weshalb musste die Sonne ihre Strahlen nur so aufdringlich auf die Erde werfen? Warum konnte es nicht regnen oder bedeckt sein? Das hätte besser zu meiner Stimmung gepasst.

Beim Neujahrsbrunch mit Franz schweiften meine Gedanken immer wieder ab. Mein Herz, der Kopf, die Seele – alles schien zu Hause geblieben zu sein. Meinem Mann gegenüber versuchte ich dies jedoch tunlichst zu verbergen. Das heisst, ich tat, was von mir erwartet wurde: Ich übte mich in Gefasstheit.

Um zwölf hielt ich es nicht länger aus und rief Mama an. Ich musste wissen, wie es Marion ging, wie sie die Nacht verbracht hatten.

Als Mama mir berichtete, wie gut Marion in der Silvesternacht drauf gewesen war, wurde ich tatsächlich etwas ruhiger. So packten wir unsere Golfschläger, ein paar Bananen und zwei Flaschen Wasser in den Bag und fuhren zum Golfplatz.

Ungefähr zur selben Zeit machte sich Dagi, wie jeden Tag, mit den Kindern auf den Weg zum Stall. Es war eisig kalt, aber sonnig. Marion hatte jede Menge Leckerli in die Tasche gesteckt. Sie wusste genau: Demantur würde einige Tage auf sie verzichten müssen. Also wollte sie ihn, bevor es ins Kinderspital ging, noch einmal so richtig verwöhnen.

Auf dem Weg zur Pferdekoppel blieb Chris stehen, um

die Schäfchen zu begrüssen. Marion lief schnurstracks weiter, durch den Stall und hinaus zum Offengehege, wo sich Demantur mit den anderen Pferden tummelte. Schon von weitem rief sie ihn.

Als Dagi mit Chris dazu kam, fing ihr Herz an höher zu schlagen. Marion hatte die Hand voll Leckerli ausgestreckt und Demantur trottete auf sie zu. Die Kleine flippte fast aus vor Freude, weil er auf sie reagiert hatte.

Dagi durchfuhr ein bittersüsser Stich. Sie musste sich zusammennehmen, um nicht vor Rührung loszuweinen. Eng schmiegte sie sich an ihr Mädchen, streckte die Hand über ihm aus und kraulte Demanturs Stirn. Dann krochen sie unter dem Zaun hindurch und banden das Pferd an einem Pfahl fest. Chris holte inzwischen die rote Box mit dem Putzzeug aus der Sattelkammer. Da seine Arme noch nicht hoch genug reichten, musste er sich mit Assistieren begnügen. Ob Marion nun Demanturs Kamm, die Bürste, den Hufauskratzer oder das Huffett verlangte, immer wusste er genau zu unterscheiden.

Als das Pferd endlich sauber war, die Mähne gekämmt und die Hufe glänzten, brachte Mami die Pferdedecke. Eine herrliche, dicke Indianerdecke mit rot, weiss und grünem Zackenmuster. Diese gehörte zwar Karin Weber, aber sie half Dagi gerne damit aus, wenn die Kinder zu zweit ausreiten wollten. Zuletzt bekam Demantur einen Sattelgurt mit Haltegriffen umgeschnallt, an dem sich Marion beim Reiten festhalten konnte. Und fertig war das Pferd zum Ausritt.

«Klack, klack», hallte es über die Steinplatten, als sie loszogen.

Der Nebel hatte sich inzwischen aufgelöst und die Sonne drang durch. Während sie den Feldweg in Richtung Reuss einschlugen, herrschte Stille. Eine melancholische Stille. Oder bildete sich Dagi das nur ein? Besorgt sah sie zu den Kindern auf. Marion, eingepackt in den viel zu gross gewordenen, silbergrauen Skianzug, sah skeptisch unter der

Wollmütze hervor. Ihr Blick war geradeaus auf Demanturs Mähne, seinen Kopf gerichtet, der im Takt der Schritte vor und zurück wiegte.

«Schätzchen, geht es? Habt ihr warm genug?»

Die Kinder nickten. Chris, der hinter Marion sass, hielt die Arme eng um seine Schwester geschlungen. Sie sahen ja zuckersüss aus. «Oh Gott», dachte Dagi, «sag, dass das alles nicht wahr ist.» Dann holte sie tief Luft, atmete langsam aus und zwang sich zu Ruhe.

Auf dem Weg zum Fluss hinunter hatten sich die Kinder allmählich an Demanturs Schritt gewöhnt. Sie hockten nun schon sehr viel lockerer auf seinem Rücken. Marion tätschelte und lobte ihn, beugte sich aber wegen Chris, der sich an ihr festhielt, nicht vornüber. Dazwischen wurde es ganz still, nur das Klappern der Hufe war zu hören. Ein angenehm gleichmässiger Ton, der die Schwere von der Seele nahm und sie weit fort trug.

«Mis Rössli …», kam es mit einem Mal verwundert über Marions Lippen. Dabei strahlte ihr von Kälte gerötetes Gesicht unter der Mütze hervor. «Mis Rössli …!»

«Klack, klack …» Mehr und mehr verschwand alles um Dagi herum, es gab nur noch dieses Pferd, die Kinder, ihre Stimmen, das Lachen in ihren Ohren. Das Morgen lag weit weg, irgendwo in einer fernen Galaxie.

«Ui …, Scheisse, Mami», erschrak Marion plötzlich, als Demantur auf einem Huf ausglitt und einknickte. Trotz Sonneneinstrahlung war der Weg, der dem Fluss entlang führte, noch immer hart und teilweise gefroren.

«Keine Angst, Schätzi, Mami passt gut auf.»

Schätzi sah aber nicht sehr überzeugt drein.

«Wet abstige», sagte sie.

«Bitte, nicht, Marion, wenn dir nicht wohl ist, dann kehren wir um und Demantur bringt euch wohlbehalten zum Stall zurück. Abgemacht?»

«Neii, abstige!»

Gott, wie sollte sie das bloss handhaben? Sie konnte Marion doch nicht buckeln, gleichzeitig Demantur führen und Chris festhalten. Aber sie hatte es kommen sehen! Seit der Herz-Professor des Universitätsspitals Hand an ihr Mädchen gelegt hatte, war es nicht nur schwer krank geworden, sondern litt auch noch an posttraumatischen Angstzuständen.

Ohne Aufhebens zog sie Demanturs Halfter sanft zu sich und kehrte um.

«Wet abstige», tönte es kleinlaut von oben.

Verwundert sah Marion, wie Mami Demantur ein Belohnungsleckerli zusteckte und ihn lobte. «Wisst ihr Kinder», fügte sie an, «da, wo Demantur herkommt, gibt es ganz viel Schnee und Eis. Er ist es gewohnt, über gefrorene Wege zu gehen.»

Ob dem tatsächlich so war, wusste Dagi gar nicht so genau. Aber um Marions Zweifel zu beseitigen war ihr jede Erklärung recht.

«Wet abstige», klang es noch einmal mit dünner Stimme. Schliesslich sah Marion ein, dass es keinen Sinn hatte und schwieg betreten.

Früher hätte die Kleine gejauchzt und den Frauen vom Stall schon von weitem zugewinkt. Als sie nun hoch zu Pferd am Hof eintrafen, schenkte ihnen Marion nur ein vages Lächeln. Kurz darauf verabschiedete sie sich von Demantur mit den Worten: «Ich chume gli, gli wieder, muesch nöd trurig si, gäll …»

Dann wurde sie nacheinander von allen umarmt, und jeder wünschte ihr zum Abschied ganz viel Glück und ein «gesundes Herzli».

Dagi überkam das verzweifelte Bedürfnis zu fliehen. Dieser aufwühlende Abschied erinnerte sie unweigerlich daran, dass Marions Weg zur «letzten Chance» nahte. Schlagartig wurde Dagi klar, dass ihr nicht mehr viel Zeit blieb. Genauer

150

gesagt neununddreissig Stunden. Dies war ein Schock, von dem sie sich kaum erholte. Wie betäubt fuhr sie nach Hause, übergab die Kinder Antonis und zog die Schlafzimmertür hinter sich zu.

*

Auf dem Rückweg vom «Campo de Golf de las Americas» entdeckte ich auf meinem Handy einen Anruf von Mama. «Seltsam», dachte ich, «hatten wir nicht erst miteinander telefoniert?»

Es stellte sich heraus, dass Mama mir «lediglich» erzählen wollte, dass sie soeben eine geschlagene Stunde mit Dagi telefoniert habe. Meine Schwester sei anfangs in bedenklichem Zustand gewesen. Der Abschied im Stall hätte ihr gar nicht gut getan. Mama rang mit den Tränen. «Dagi ist plötzlich alles furchtbar eingefahren!», stiess sie schluchzend hervor.

Bald stündlich mussten wir uns durch gegenseitiges Zuhören und Zureden beruhigen. Einer tankte aus der Reserve des anderen. Doch Gnade uns Gott, wenn sich die Batterien erschöpften!

Zu meiner Erleichterung war es Mama offenbar gelungen, Dagi soweit aufzurichten, dass ihre Stimme wieder fester klang und sie neue Hoffnung schöpfte.

Jetzt konnten wir nur noch beten, dass unser Chirurg, der eine Kapazität auf seinem Gebiet war und schon mehr als zweitausend Kinderherzen operiert hatte, Marion retten würde.

Eigentlich bin ich nicht der Typ Mensch, der sich in Zahlen verliert, doch seltsamerweise weckte dies grosse Zuversicht in mir.

2. Januar 2001
Eintritt ins Kinderspital

Am Dienstagmorgen, 2. Januar, trug Antonis seine Marion zum Auto. Dagi lud das Köfferchen und die Habseligkeiten ein.

«Papi kommt dich gli, gli besuchen, gäll», sagte Antonis.

Marion nickte verschlafen. So verabschiedeten sie sich voneinander. Dann fuhr der Wagen an und Papi winkte ihnen nach.

Auf der Fahrt warf Dagi immer wieder einen Blick in den Rückspiegel. Marions Augen waren noch halb zu. Auf der Waldegg schlief sie bereits wieder und erwachte erst, als der Wagen im Morgenverkehr auf der Quaibrücke am Bellevue stecken blieb.

«Nur än chline Schnitt, gäll Mami …», klang es plötzlich vom Rücksitz. Für einen Moment verschlug es Dagi den Atem. Dann wandte sie sich um, legte die Hand auf Marions Knie und sah ihr fest in die Augen: «Ja, Schätzi, nur än chline Schnitt.»

Obschon Dagi die ganze Nacht kein Auge zugetan hatte, traf sie hellwach im Kinderspital ein. Als die Empfangsdame jemanden vom Pflegepersonal rufen wollte, winkte Dagi ab. Den Weg zum Zimmer kenne sie bestens, erklärte sie. Damit verschwanden sie unter den erstaunten Augen der Dame im Fahrstuhl. Überhaupt legte Dagi eine erstaunliche, fast übernatürliche Kraft an den Tag. Ohne jegliche Unterstützung von Antonis hatte sie zuvor Chris aus dem Bett geholt, ihn zu einer Nachbarin gebracht, dann den Hund Gassi geführt, die Töpfe mit Futter gefüllt, Marion die Sauerstoffmaske entfernt, sie in den Arm genommen, schliesslich gewaschen, gekämmt und angekleidet. Danach ging sie mit ihr zu Papi ans Bett und stupfte ihn mit den Worten: «He, Marion möchte Tschüss sagen …»

Worauf Antonis im Schlafanzug aus dem Bett stieg und die beiden zum Wagen begleitete.

Wie Dagi all dies schaffte, obwohl sie die Hölle durchlitt, grenzte an ein Wunder.

Irgendwo habe ich einmal gelesen, dass sich das menschliche Gehirn unter Schock oder Extrem-Stress in atomarer Geschwindigkeit von Körper und Geist loslöst, um jegliche Grenzen von Angst, Schmerz und Schwäche zu überwinden. Vielleicht ist dies die Erklärung.

Doch zurück zum Kinderspital. Kaum war das Zimmer bezogen, gingen die ersten Untersuche los. EKG, Ultraschall, Messung der Sauerstoffsättigung und so fort. Ständig war Marion abgelenkt, so dass die Zeit verstrich, ohne dass sie zum Nachdenken kam. Meine Schwester redete sich solange ein, es wäre ja nur ein kleiner Eingriff, alles würde gut gehen. Was auch stimmte, rein chirurgisch gesehen. Die Ärzte wollten Marion lediglich die Lungenschlagader abklemmen. Damit sollte der Hochdruck, den der zu grosse Shunt verursachte, reguliert werden.

Am Nachmittag übernahm Grösi die Aufsicht, damit Dagi zwischendurch nach Chris und dem Hund sehen konnte. Dabei erlebte sie, wie verschiedene Ärzte ins Zimmer kamen, um Marion zu begrüssen. Sobald sie jedoch mit ihr über die Operation sprechen wollten, wurde unser Mädchen energisch: «Nei, kei Operation, nur en chline Schnitt da vorne …», stellte sie unmissverständlich klar. Dabei zeigte sie auf ihren Bauch und fügte hinzu: «Und nachher bin ich gsund.»

Und die Ärzte gaben ihr Recht!

Ich weiss nicht, wie meine Nerven das durchgehalten hätten. Aber an Mamas Stelle wollte ich beileibe nicht stehen.

Abends um sechs kam Dagi zur Wachablösung ins Spital zurück. Mama ging schweren Herzens nach Hause, nachdem sie mit Marion noch einige Lumpenlieder gesungen hatte.

An Schlaf war beiderseits nicht zu denken. Also hängten sich Mama und Dagi stundenlang an den Draht, um sich Mut zuzusprechen. Soweit sich Mama erinnert, rief Dagi nochmals kurz nach Mitternacht an. Marion klang gelöst, fast übermütig, weil auf dem Liegebett nebenan ein fremder Papi schnarchte.

Das Unfassbare

3. Januar 2001
Tag der Operation

Um sechs Uhr früh begannen die Vorbereitungen für Marions Operation. Dagis Herz pochte wie wild, als die Tür ging und das Pflegepersonal eintrat. Die ganze Nacht über war sie von Zuversicht und Attacken lähmender Angst hin- und hergerissen geworden. Seit fünf Uhr, als sich die Nachtschwester mit aufmunternden Worten von ihr verabschiedet hatte, redete sich Dagi ein, dass alles gut ginge. Doch tief innen glaubte sie das selbst nicht so recht.

In der Hand trug die Schwester das Fläschchen mit Marions Beruhigungstropfen. Nun wurde es ernst. Bitter Ernst.

Die Kleine blinzelte, dann machte sie die Augen wieder zu. So als hoffe sie, sie könne die Krankenschwester damit zum Verschwinden bringen.

«Schätzi», strich Mami ihr über den Kopf, «nur ein paar Tröpfli nehmen, dann darfst du weiterschlafen.»

Die nächste Dreiviertelstunde verlief, wie schon so oft, unter Gekicher und Gelächter. Was auch gut war so. Als die Pflegerin noch einmal vorbeischaute, um Marion ihr OP-Hemd überzuziehen, fasste die Kleine ihr dabei an den Po und kicherte: «Dicke Fudi …»

Die Schwester nahm es gelassen.

Sowie sie ihnen den Rücken zum Gehen zuwandte, warf Marion einen verstohlenen Blick nach Mami und zeigte der Schwester klammheimlich den Finger. Schliesslich begann auch Dagi, trotz dunkler Wolken, die über ihrem Herz kreuzten, zu lachen. Dann drückten und herzten sie einander bis vor die Tür des Operationssaales.

Ein letzter, inniger Kuss, dann betätigte die Schwester die Türautomatik und Marion verschwand winkend aus Dagis Blickfeld.

Fassungslos und wie erstarrt blieb sie stehen. Sie hätte schreien mögen, doch sie tat es nicht. Dann spürte sie bittere Tränen aufsteigen.

An mehr kann sich meine Schwester nicht mehr erinnern. Es gab nur noch Stille, Leere und diese OP-Tür. Während Stunden betete sie verzweifelt, es würde endlich jemand herauskommen und sie beruhigen. Doch nichts regte sich. Totenstille. Das war das Allerschlimmste.

Kurz vor Mittag, nach viereinhalb Stunden, ging die Tür mit einem Ruck auf. Dagi erlitt den Schock ihres Lebens. Marion lag auf dem Schragen, blutverschmiert im Gesicht, den Tubus tief im Rachen. Jemand pumpte ihr hektisch Sauerstoff zu, während eine zweite Person den Schragen, gefolgt vom Herzchirurgen, mit Tempo zur gegenüberliegenden Intensivstation schob.

«Alles ist gut verlaufen, jetzt können wir nur noch abwarten», sagte der Chirurg zu Dagi. Sie öffnete den Mund, wollte etwas sagen, aber ihre Kehle war wie zugeschnürt. «Wir werden sie rufen, sobald Marion vorbereitet und stabilisiert ist.» Damit verschwand der Arzt in die Intensivstation.

Immer und immer wieder hallten seine Worte in ihr nach: «Alles ist gut verlaufen … alles ist gut verlaufen …» Doch ihre Augen hatten anderes gesehen. In Dagis Kopf begann sich alles zu drehen. Bilder und Worte mischten und überschlugen sich wild, aber es ergab keinen Sinn. Absolut keinen Sinn. Sie wollte nur noch zu Marion, ganz schnell. Niemanden hören, niemanden sehen, einfach bei ihr sein, wenn sie die Augen aufschlug.

Doch so schnell würde Marion ihre Augen nicht aufschlagen. Um sie vor äusserem Stress zu schützen, hatte man sie nämlich in einen künstlichen Schlaf versetzt. Dies wusste Dagi jedoch nicht.

Endlich, nach ungefähr dreissig Minuten, bat man sie in die Intensivstation. Beim Anblick ihres Kindes glaubte sie, ohnmächtig zu werden. Der Schmerz übermannte sie und Tränen strömten über ihr Gesicht. Dann spürte sie die Hand der Pflegerin auf ihrer Schulter. «Sie wird es schaffen», sagte sie in beruhigendem Ton, «Marion ist ein starkes Kind.»

Dagi nickte erschüttert.

Dann erklärte die Schwester, dass es für Marion besser sei, wenn sie vorerst im Dämmerschlaf bliebe. Sie dürfe keinerlei Anstrengung ausgesetzt werden. Sobald sie jedoch wieder selbstständig atmen würde, könne die künstliche Beatmung eingestellt und der Tubus entfernt werden. Dies leuchtete Dagi ein.

Inzwischen hatte sie sich soweit beruhigt, dass die Schwester sie mit Marion allein lassen konnte. Sie blieb aber ständig in Sichtweite und kontrollierte alle fünf Minuten die Monitoren um Marions Bett herum. Auf sich trug sie gelbe und weisse Listen, auf denen sie manchmal Eintragungen machte.

Dagi streichelte Marion unentwegt, einmal über den Kopf, dann am Arm. Dabei ermunterte sie sie immer wieder mit den Worten: «Tue guet schnüfele …»

Aber Marion reagierte nicht. Jedesmal, wenn die Schwester den Monitor kontrollierte und Dagi fragend aufblickte, hiess es: «Sie atmet noch nicht allein, sie muss an der Maschine angeschlossen bleiben.»

Inzwischen war auch Antonis eingetroffen. Als er seine Prinzessin sah, schlug er die Hände vors Gesicht. Dagi bemerkte, wie sich die Augen mit Tränen füllten und schluckte leer. Sie musste sich zusammenreissen, um sich nicht auch wieder gehenzulassen. «Marion darf sich auf gar keinen Fall aufregen», flüsterte sie besorgt und legte den Finger an die Lippen. Antonis verstand und wischte die Tränen weg. Dann setzte er sich mit schuldbewusstem Blick neben Dagi auf den Stuhl.

«Meinst du, sie kann uns hören?», fragte er.

«Man weiss ja nie», erwiderte Dagi. Dann erklärte sie Antonis, was der Arzt gesagt hatte. Die Operation sei gut verlaufen, man müsse jetzt einfach abwarten. Kurze Zeit später ging Antonis wieder zur Arbeit zurück. Zuvor einigten sie sich darauf, dass er die Nachtwache übernahm.

Im Verlauf des Nachmittags trafen Mama und Lili im Spital ein. Bis zu diesem Zeitpunkt hatten sie keine genaue Vorstellung von Marions Befinden gehabt. Seit ihr Kind aus dem OP gerollt wurde, war Dagi nicht im Stande gewesen, zu Hause anzurufen. Überdies hätte sie Marion nie allein gelassen, nicht eine Minute lang. Da Mama besorgt war, rief sie die Intensivstation an. Dort teilte man ihr lediglich mit, dass Marions Zustand stabil sei und dass Dagi bei ihr wäre.

Als die beiden Frauen sich dem Bett näherten, machte sich Entsetzen auf ihren Gesichtern breit. Lili öffnete den Mund, wollte etwas sagen, aber die Luft blieb ihr weg. Sie erbleichte. Hilfesuchend fasste sie Mama beim Ärmel und keuchte: «Ich muss wieder raus.»

Dann wandte sie sich zum Gehen.

Wäre die Pflegerin nicht so aufmerksam gewesen, hätte Lili den Weg zum Ausgang vermutlich nicht mehr allein geschafft. Mama hielt sich erstaunlich tapfer. Früher war sie schon einem Zusammenbruch nahe gewesen, wenn Marion nur aus dem Moseskörbchen purzelte. Je länger und tiefer das Leid, desto höher die Schwelle des Aushaltbaren. So ungefähr verhielt sich das mit uns.

Oder vielleicht doch nicht? War ich vielleicht insgeheim ganz froh, fernab jeglichen Geschehens auf einer 4000 Kilometer entfernten Insel im Atlantik zu sein? Nein, bestimmt nicht!

Ich muss allerdings zugeben, die Grenze der Belastbarkeit war erreicht. Die einsamen Nächte, in denen ich verzweifelt nach Antworten in Arztbüchern suchte, hatten mich kaputt gemacht. Verantwortlich dafür waren die Monate zuvor, in denen die Ärzte nichts unternahmen. Einfach nichts.

In Teneriffa standen die Uhrzeiger auf sechzehn, in der Schweiz auf siebzehn Uhr. Marion lag demnach seit fünf Stunden auf der Intensivstation. Als ich Mama das letzte Mal gesprochen hatte, wusste sie noch nichts Neues vom Kinderspital. Seither war sie, wie ich vermutete, dorthin gefahren. Auch bei Lili blieben die Leitungen stumm. «Wie können sie mich nur so lange ohne Nachricht lassen», dachte ich ärgerlich. Allmählich machte ich mir ernsthaft Sorgen. Allerdings muss ich gestehen, ich war zu feige, Antonis anzurufen – wenn er denn überhaupt geantwortet hätte. Also probierte ich es weiterhin bei Mama und Lili.

Endlich! Endlich meldete sich Lili mit schwerer Stimme.

«Wie ist die OP gelaufen, ist Marion wohlauf?», fragte ich angstvoll.

Lili berichtete mir völlig deprimiert von dem kurzen Besuch auf der Intensivstation. Sie sagte, dass es Marion nicht eben gut gehe. Schliesslich holte sie tief Luft und fügte hinzu, sie glaube, die Kleine befände sich in sehr kritischem Zustand. Marion müsse mittels Tubus im Rachen künstlich beatmet werden.

Dies war wie ein Faustschlag in den Bauch, ich konnte kaum noch atmen.

Nach kurzer Pause sagte Lili: «Die Ärzte meinen, wir müssen abwarten, wie sich alles entwickelt bis morgen.»

«Morgen, morgen», tönte es nur in meinem Kopf. Alles andere hatte mein Gehirn umgehend verbannt und verdrängt. Es war also noch nicht alles verloren!

Franz hatte mir die ganze Zeit über vom Bett aus zugehört. Müde vom Golfen wandte er sich nun um und sagte nur: «Oje, … am besten, du legst dich auch für ein Stündchen hin.»

Damit signalisierte er, dass er in Ruhe gelassen werden wollte.

Alles Weitere entzieht sich meiner Erinnerung. Ich weiss

nur, dass dieser Tag mein Geburtstag war, dass ich mich nicht aufs Bett legte, nicht weinte, nichts sprach, nichts ass – nur unendliche Leere spürte.

Zürich, Kinderspital

Als es eindunkelte, kam Antonis ins Spital zurück. Nichts hatte sich bisher geändert in Bezug auf Marion. Ständig hiess es nur: «Sie atmet nicht von allein, wir müssen sie weiter künstlich beatmen.»

Gegen zweiundzwanzig Uhr verabschiedete sich Dagi schweren Herzens von Marion. Sie überliess Antonis die Nachtwache, brachte Grösi nach Hause und sah nach Chris. Dem Kleinen gefiel es sehr gut, bei seinem Freund Philipp schlafen zu dürfen. Seinetwegen brauchte Dagi sich im Moment keine Sorgen zu machen. Aber Marion, weshalb nur atmete sie nicht von selbst? Konnte dieser Zustand überhaupt so lange andauern? Das fragte sich Dagi immer wieder.

Morgens um vier drückte Antonis seinem Mädchen einen Kuss auf die Stirn. Er wollte noch bei ihr bleiben. Doch ganz allmählich kippte er vor Müdigkeit vom Stuhl.

4. Januar 2001

Als Antonis zu Hause ankam, fand er Dagi im Halbschlaf auf dem Sofa vor. Bald darauf gingen sie nacheinander ins Bad und machten sich frisch. Antonis für die Arbeit und Dagi, um ins Spital zu fahren. Um sieben Uhr sass sie bereits wieder an Marions Bett.

«Tue guet schnüfele ...», ermunterte sie die Kleine von Neuem. Jede Minute hoffte sie, dass es soweit käme.

Und siehe da! Marion regte sich. Just in dem Moment, als Papi kam und zu ihr sprach, bäumte sie sich auf und verdrehte die Augen. Sie öffnete sie – nur für eine Sekunde – aber es war lange genug, zu begreifen, dass Marions Herz in höchstem Aufruhr stand. So jedenfalls hatte Papi das gedeutet. All das passierte um die Mittagszeit herum. Gleich darauf betraten drei Ärzte – der Herzchirurg, Marions Kardiologe und ein weiterer Arzt – den Raum und baten die Eltern um ein Gespräch. Dagis Puls raste wild, als sie den Ärzten ins Besprechungszimmer folgten. Sie ahnte nichts Gutes …

«So, wie es im Moment aussieht mit Marion», begann der Chirurg, «ist es eine echte Gratwanderung. Wir können nicht länger zuwarten. Es muss sofort eine Notoperation durchgeführt werden.»

Dagi meinte auf der Stelle ohnmächtig zu werden. Tränenblind vor Qual sass sie auf dem Stuhl und nahm kein Wort mehr wahr. Antonis fuhr sich mit der flachen Hand übers Gesicht, so als müsse er den unerträglichen Schmerz, das unendliche Leid wegwischen. Die Erläuterungen, die nun folgten, verstand er sowieso nicht. Irgendwas von einem 8mm-Shunt redeten sie. Zum Schluss hiess es, sobald der OP-Saal, um 16.30 Uhr frei sei, würden sie damit beginnen.

In der Annahme eines zu hohen Lungendrucks und überfluteter Lunge wurde ein 8mm-Shunt von der linken Armarterie zur linken Lungenarterie angelegt. Gleichzeitig wurden die beiden vorgängigen Shunts (5mm- und 10mm-Shunt) abgeklemmt.

Völlig erschlagen standen sie auf und verliessen das Besprechungszimmer. Noch einmal durften sie Marion für zehn Minuten sehen, bevor sie bald darauf für die OP vorbereitet wurde. Dagi taumelte zur nächsten Sitzbank, sank nieder und griff zum Handy. Jedoch meldete sich zu Hause niemand. Mama sass längst im Postauto, unterwegs zum Kinderspital. Wenig später traf sie ein und fand ihre Liebsten in bedenklichem Zustand. Sie sassen vor der Intensivstation, wie angeschossene, verwundete Tiere und hatten gerötete

Augen. Mama wusste sofort, «es» geht zu Ende. Sie spürte einen Stich, zögerte und riss sich zusammen. Dann setzte sie sich still zu ihnen auf die Bank und wartete, dass Dagi es ihr sagen würde. Unter Tränen brachte sie schliesslich hervor: «Marion muss notoperiert werden …»

Mama rang um Fassung. So grausam der Schmerz sie durchbohrte, so tapfer blieb sie. Denn sie wusste: sie wurde jetzt gebraucht, mehr als je zuvor.

Antonis sass da mit aufgestützten Armen, das Gesicht mit beiden Händen verdeckt – ein gebrochener Mann.

Als Dagi sich ein wenig beruhigt hatte, legte ihr Mama die Hand auf die Schulter und sagte in ruhigem Ton: «Lasst uns zunächst einmal einen Kaffee trinken gehen, das würde uns sicher gut tun. Danach schauen wir wieder nach Schätzi, ja?»

«Wir dürfen sie nicht mehr sehen», sagte Dagi traurig und schnäuzte die Nase.

Mamas Blick verlangte nach einer Erklärung. Sie sah zu Antonis hinüber, dann wieder zu Dagi und wiederholte ungläubig: «Ihr dürft sie nicht mehr sehen vor der OP?»

In einem kurzen, schmerzhaften Aufblicken meinte Antonis: «Sie müssen sie vorbereiten, für Untersuche und so.»

Dann herrschte wieder Schweigen. Noch einmal legte Mama die Hand auf Dagis Schulter und sagte: «Lasst uns nun einen Kaffee trinken gehen.»

Wie versteinert sassen sie im Restaurant, bis einer das erste Wort sprach. Dann ging die Heulerei los. Nacheinander seufzten sie in die Taschentücher. Danach starrten sie lange Zeit wie Mumien, jeder in seinem Schmerz, vor sich hin. Antonis' Blick suchte immer wieder verzweifelt Mamas Augen, als erhoffe er von ihr Hilfe, Antwort … Schliesslich gab sie sich einen Ruck und sprach das Ungeheuerliche aus: «Ich glaube, wir verlieren Marion, ich habe ein ungutes Gefühl.»

Völlig irre sah er Mama an, dann schlug er die Hände

vors Gesicht und schüttelte immerzu den Kopf, als wolle er sagen: «Nein, nein, das kann, das darf nicht wahr sein!»

Dagi reagierte nicht. Sie war die ganze Zeit über vertieft in Fotos von Marion und Demantur. Mit aufgestütztem Kopf starrte sie minutenlang auf dasselbe Bild, bis es vor ihren Augen verschwamm.

Nachdem die Notoperation gegen halb fünf Uhr begonnen hatte, setzten sie sich zu dritt auf die Bank vor dem OP. Dann starrten sie nur noch wie Irre vor sich hin. So fand Lili die Familie vor, als sie nach der Arbeit im Kinderspital eintraf.

Teneriffa, 18.30 Uhr

Seit vierundzwanzig Stunden war Lili der einzige Draht nach Hause, den ich noch hatte. Mama war nicht mehr in der Lage, Telefonate zu beantworten. Sobald sie allein war, übermannte sie der Schmerz. Vergeblich hatte ich unzählige Male versucht, bei ihr durchzukommen. Schliesslich erfuhr ich von Lili, dass Marions Zustand ihres Wissens nach unverändert war. Sie sagte, dass sie nach der Arbeit direkt ins Spital fahre und sich von dort aus wieder melde.

Während sie nun vor dem OP sassen, eilte Lili nach draussen, um mich anzurufen.

Ihre Stimme und der kurze Atem verriet, dass etwas nicht in Ordnung war. Mein Puls schnellte in die Höhe.

«Marion wird soeben notoperiert», drang es durch die Leitung.

«Das darf nicht wahr sein …», stammelte ich.

Ohnmächtiges Entsetzen stieg in mir auf. Ich spürte, wie sich eine Hitzewelle von der Brust in den Kopf wälzte. Weshalb nur konnte ich nicht bei ihnen sein? Warum musste ich nur so nachgiebig und willfährig sein? Ich hasste mich in dem Moment zutiefst.

Doch zurück ins Kinderspital. Als nach geschlagenen vier Stunden der Herzchirurg aus der OP-Tür trat, blickten ihn vier Augenpaare wie hypnotisiert an.

«Die Operation ist zufriedenstellend verlaufen. Jetzt braucht es noch einmal etwas Geduld und wir müssen abwarten, wie Marions Körper reagiert», erklärte der Arzt in ruhigem Ton.

Gleich darauf wurde die Kleine vor den Augen der Familie vorbeigerollt. Ein Pfleger pumpte ihr in fliegender Eile Sauerstoff durch den Tubus, ein anderer schob den Schragen in die Intensivstation. Der Anblick ihres Mädchens zog ihnen den Boden restlos unter den Füssen weg. Und im Grunde funktionierten sie nur noch, weil irgendwo ja Chris noch auf sie wartete.

Freitag, 5. Januar 2001

Morgens um vier hielt Dagi die Anspannung nicht mehr aus. Sie sprang auf und rief die Intensivstation an. Man beruhigte sie und sagte, Marions Zustand sei stabil, der Papi sässe noch immer bei ihr am Bett.

Sie legte sich wieder aufs Sofa und versuchte, die Augen zu schliessen. Doch ständig wurde sie von Todesängsten hin- und hergerissen. Als sie um sechs Uhr noch immer grübelte, rief sie erneut ins Spital an. Wieder hiess es, Marions Zustand sei stabil. Sie wartete nur noch darauf, dass Antonis zu Hause eintraf.

Inzwischen betrat sie leise Chris' Zimmer und ging zu ihm ans Bett. Der Kleine schlief wie ein Murmeltier, hatte keine Ahnung, wie ernst es um seine Schwester stand. Sie wollten Chris, soweit das möglich war, schonen.

Um sieben traf endlich Antonis ein. Ein paar Stündchen würde er ruhen und bei Chris bleiben. Danach käme Grösi, um den Jungen zu übernehmen. So hatte Dagi das organisiert. Sie wollte nämlich nicht länger dulden, dass ihr kleiner Liebling ständig umhergeschoben wurde.

Mit bangem Herzen fuhr sie von zu Hause weg. Als sie auf der Intensivstation eintraf, bestätigte ihr die Pflegerin abermals, Marions Zustand sei stabil. Was immer das heissen mochte. Jedenfalls fehlte ihrem Mädchen nach wie vor die Kraft, selbstständig zu atmen.

Dagi konnte nichts weiter tun, als ihr Kind zu streicheln und es immer wieder anzuflehen: «Tue guet schnüfele.»

Als um zehn die diensthabende Ärztin kam, eröffnete sie Dagi: «Etwas stimmt mit Marions Lunge nicht, wir müssen eine Lungenspiegelung machen. Am Nachmittag wird ein Lungenspezialist des Universitätsspitals kommen, der diesen Eingriff vornimmt.»

Dagi war geschockt und zitterte am ganzen Leib. Schmerzlich wurde ihr bewusst, dass Marion sich schrittweise rückwärts statt vorwärts bewegte.

Bevor die Ärztin ging, bot sie Dagi ein Beruhigungsmittel an. Dagi lehnte dankend ab. Alles in ihr krampfte sich zusammen, sie konnte kaum noch atmen. Ans Telefonieren dachte sie schon gar nicht mehr.

Nachmittags um halb zwei kam die Ärztin zu Dagi ans Bett.

«Wir werden jetzt alles vorbereiten für die Spiegelung», sagte sie, «der Lungenspezialist ist eingetroffen.»

Dagi wusste, dass der Eingriff durch den Tubus führte. Das hatte ihr die Ärztin erklärt. Nun bat sie Dagi mit den Worten, sie solle doch in die Cafeteria gehen, aus der Intensivstation hinaus.

Dagi sagte: «Nein, ich warte lieber vor der Tür.

Die Ärztin: «Nein, gehen sie doch in die Cafeteria, wir rufen sie, wenn es Zeit ist.

Widerwillig gehorchte Dagi und ging ins Restaurant. Etwa dreissig Minuten später traf Lili im Kinderspital ein. Wie üblich läutete sie an der Tür der Intensivstation. Eine Pflegerin öffnete und sagte, Dagi sei im Restaurant. Lili fand ihre Schwester gleich neben dem Eingang sitzend. Auf dem Tisch hatte sie Fotos von Marion ausgebreitet. Sie sass ganz allein da, starrte auf die Bilder, Ihre Augen vom Weinen gerötet.

«Wo ist Mama?», wunderte sich Lili.

«Sie ist heute bei Chris geblieben. Sie wird gegen Abend mit Antonis kommen.»

Dann berichtete Dagi mit gesenktem Kopf, dass man sie weggeschickt hätte, weil Marion einer Lungenspiegelung unterzogen werde. Lili sank erschrocken auf den Stuhl. Sie hatte das Gefühl, soeben ihrer letzten Kräfte beraubt worden zu sein. In dumpfer Beklemmung sassen die Schwestern wohl eine Dreiviertelstunde am Tisch.

Plötzlich sah Dagi die Intensivärztin herbeieilen. In dem Moment wusste sie, etwas stimmt nicht. Sonst wäre die Ärztin ja nicht gerannt. Dagi sprang vom Stuhl auf und sagte zu Lili: «Bleib du da, ich gehe.» Die Ärztin rief: «Nein, kommen sie mit!»

Dann eilten sie zu dritt die Treppe hinunter, und auf dem Korridor zur Station keuchte die Ärztin: «Es geht zu Ende mit Marion!» Dann rannten sie weiter bis zur Tür. Als Dagi hereinstürzte, sah sie, wie Marion, umringt von Ärzten und Pflegerinnen, hektisch mit der Handpumpe beatmet wurde. Sie schrie auf: «Nein, nein, nein!», schlug die Hände vors Gesicht und kriegte einen Zitteranfall. Nach etwa einer Minute sagte die Ärztin zu Dagi: «Es tut mir leid, aber es passiert nichts mehr.»

Dagis Körper wurde geschüttelt, als hätte sie 40 Grad Fieber. Sie merkte, dass die Wiederbelebungsversuche gespielt waren. Sie taten nur so, als würden sie Marion beatmen, damit Dagi das Gefühl hatte, ihr Kind lebe noch. Dies machte sie völlig rasend.

«Hängt sie ab, ich will sie in den Arm nehmen!», befahl sie energisch.

Während Schläuche und Kabel entfernt wurden, erlitt Dagi fast einen Kollaps. Die Ärztin zog eine Spritze auf und verabreichte Dagi eine Injektion in den Arm. Dann setzte man sie in einen Hochlehnstuhl und gab ihr Marion in die Arme. Dagi glaubte zu ersticken, schnappte asthmatisch nach Luft. Dann weinte und schrie sie nur noch. Wie eine Wahnsinnige. Zehn Minuten lang, eine halbe Stunde – sie wollte es nicht wahrhaben. «Es durfte nicht wahr sein!»

Lili war unterdessen nach draussen geeilt, um Antonis und Mama anzurufen. Dann setzte sie sich heulend neben Dagi auf einen Stuhl. Die Pflegerin wollte ihr Beruhigungstropfen geben, aber Lili lehnte ab. Am Rande bekam sie mit, wie die Schwestern bemüht waren, eine würdige Atmosphäre zu schaffen. Sie zogen die Vorhänge zu, stellten eine Trennwand auf und brachten Kerzen. Dagi merkte von all dem nichts, sie war «mitgestorben» mit Marion. Ihr Herz war leer, seines Inhalts beraubt, sie fühlte sich entseelt. Wieder japste sie nach Luft und schluchzte. Die Pflegerin hielt ihr ein Glas Wasser hin und bat Dagi, davon zu trinken. Aber sie reagierte nicht. Die Welt war verschwunden. Für sie gab es nur noch Marion, diesen Raum, das Gurgeln und Blubbern in ihren Ohren. Ihr war, als müsse sie ertrinken. Nicht einmal Mama, die plötzlich bei ihr stand und den Arm um sie legte, nahm sie wahr. Erst als Antonis laut schluchzend vor ihr kauerte, sein Gesicht in Marions Brust verbarg, realisierte sie dies am Rande. Schliesslich gab sie ihm sein Mädchen in die Arme. Er drückte es ganz fest an sich, als wolle er es nie mehr loslassen und weinte wie ein kleines Kind. Dagi wechselte den Platz und überliess Antonis den Hochlehnstuhl. In einem schmerzhaften Aufblitzen nahm sie nun die Menschen wahr, die sich um sie herum versammelt hatten. Ein paar Freunde und Nachbarn. Sie standen vereint und mit tränennassen Gesichtern bei der Trennwand.

An jenem dunklen Nachmittag liess man alle, die anklopften, in die Intensivstation. So kam es, dass inmitten all dieser Trauer auf einmal ein fremder Mann an Marions Bett aufkreuzte. Zunächst wusste Dagi gar nicht, wo sie sein Gesicht schon einmal gesehen hatte. Doch dann, als der Mann Anstalten machte, Marion zu segnen, fiel es ihr wie Schuppen von den Augen. Es war der griechische Pfarrer, der Chris und Marion getauft hatte.

«Hörst du, ich will das nicht», flüsterte sie Antonis zu.

Doch als Antonis nicht reagierte und der Pfarrer mit seinem Ritual begann, brach sie in helle Panik aus.

«Marion wird auf keinen Fall griechisch-orthodox beerdigt, sondern reformiert, so wie ich es mir wünsche!», schrie sie unter Tränen.

Der arme Pfarrer wich völlig verstört zurück und wusste nicht, wie ihm geschah. Immerhin hatte ihn ja Antonis herbeigerufen. Schliesslich nahm der trauernde Vater den Papás beim Arm und führte ihn hinaus, um sich mit ihm zu beraten. Als sie wieder kamen, hielt sich der Pfarrer lange Zeit im Hintergrund, als wolle er zuwarten, ob sich Dagi beruhige. Doch bevor es dazu kam, erschien eine Sozialarbeiterin des Spitals, die griechisch sprach. Sie redete kurz mit Dagi und Antonis, dann mit dem Pfarrer. Schliesslich trat der Geistliche betreten den Rückzug an.

Dagi sass am Bett über Marion gebückt und schluchzte unentwegt. Ihr Gesicht und das Oberkleid waren voller Blutflecken. Von den entfernten Kanülen und dem Tubus lief Marion anfangs noch Blut aus Nase und Mund. Lili hielt den Schmerz und die Menschen rundherum nicht länger aus. Sie wollte nur noch allein sein. Stillschweigend verliess sie das Kinderspital und fuhr mit ihrem Freund nach Hause. Dagi hatte Marion bis tief in die Nacht umklammert und gedrückt, so lange, bis sie leer geweint, leer geschrien war. Dann verliess auch sie mit Antonis das Spital.

Daheim legte sie sich wie in Trance ins Bett und wartete

auf den nächsten Tag, damit sie wieder zu ihrem Kind gehen konnte.

Teneriffa, 19.00 Uhr

Der Abend brach an, ohne dass ich zu Hause jemanden erreicht hatte. Unruhig ging ich im Zimmer auf und ab, während sich mein Mann eine Sportsendung ansah. Zweifellos mussten sie alle bei Marion sein. Das war mir schon klar. Aber allmählich wurde ich von schrecklichen Gedanken heimgesucht.

Um neunzehn Uhr Ortszeit meldete sich endlich die erlösende Stimme am Apparat. Lili sass gerade im Auto, unterwegs nach Hause. Als sie mich hörte, dauerte es eine Sekunde, dann sagte sie mit tonloser Stimme: «Marion ist gestorben.»

Wie von Ferne nahm ich die Worte wahr, die ich nicht glauben, nicht zulassen wollte. Dann sank ich aufs Sofa. Es war, als träte mir jemand aufs Herz, ich bekam kaum noch Luft.

Wie mechanisch entgegnete ich: «Ich komme mit der nächsten Maschine nach Hause.»

Als ich auflegte, verspürte ich den ungeheuren Drang, loszuschreien und zu weinen, aber meine Kehle war wie zugeschnürt. Es kam kein Laut. Einfach nichts. Wie hypnotisiert steuerte ich an Franz vorbei. Kaum fähig zu sprechen, brachte ich hervor: «Ich kümmere mich um einen Rückflug.» Mein Mann schien nicht zu begreifen, worum es ging. Er sah mich nur verständnislos an, als ob er sagen wollte: «Was bringt es, lebendig machen kannst du sie damit auch nicht mehr.» Er war und blieb ein Kopfmensch. Selbst wenn er mich in die Arme geschlossen hätte, geändert hätte es wohl nicht viel. In diesem Moment hätte mich niemand zu trösten vermocht.

Am Anschlagbrett, wo die Reiseleiterinnen ihre Ausflugspro-
gramme angebracht hatten, suchte ich nun unsere Notfall-
nummer. Meine Augen waren derart verschwommen, dass
ich kaum etwas entziffern konnte.

Zurück im Zimmer rief ich erst die Reiseleiterin, dann
meine Versicherung an. Noch heute wundere ich mich, wie
ich in dem schwersten Moment meines Lebens auf ein Über-
Ich zurückgreifen konnte, das mich wie von selber lenkte.

Mein Mann lag noch immer auf dem Bett, sagte und tat
nichts, sah nur unbeteiligt zu. Erst, als er entscheiden musste, ob er mit mir nach Hause fliegt oder nicht, schien er zu
begreifen, dass mir ernst damit war.

Er beschloss, die letzten Golftage allein auf Teneriffa zu
verbringen.

Als nach vielen Telefonaten die Rückreise in die Wege ge-
leitet war, sass ich wie geprügelt da. Plötzlich liefen Tränen
über mein Gesicht. Mit voller Wucht traf mich Marions Tod
aber erst, als ich hoch über den Wolken im Flugzeug sass.

Wie ich den verbleibenden Tag bis zum Abflug überstand,
daran kann ich mich nicht mehr erinnern.

Sonntag, 7. Januar

Ich weiss nur noch, dass mein Mann mich am Sonntagmorgen zum Flughafen gefahren hat. Beim Check-in-Schalter
übergab er mich der Reiseleiterin und verabschiedete sich.
Die Dame zeigte sich sehr einfühlsam und professionell.
Sie verschaffte mir den Vortritt vor der wartenden Schlan-
ge, checkte mich innert fünf Minuten durch und begleitete
mich bis fast zur Passkontrolle.

Dann sass ich im Flugzeug und weinte. Vier Stunden
lang. Ich musste wohl ein seltsames Bild abgegeben haben.
Eine Frau allein in einer Sitzreihe, das Gesicht mafiosihaft
verdeckt mit einer dunklen Sonnenbrille, unter der die Trä-

nen immer wieder von Neuem über das Gesicht liefen.

Auf der anderen Seite des Ganges sass zufällig Nadeschkin, die bekannte Comedy-Szene-Künstlerin. Während des ganzen Fluges, sah sie immer mal verstohlen und verwundert zu mir herüber.

In Zürich-Kloten holte mich Lili mit ihrem Freund ab. Es war bereits nach achtzehn Uhr. Zu spät, um Marion noch sehen zu können. Niemand würde sie um diese Zeit vom Kühlraum, in dem sie aufgebahrt lag, in den Andachtsraum bringen.

Die Nacht des Wartens wurde zum reinsten Martyrium. Nie zuvor hatte mich die Wucht der Trauer und der Verzweiflung so hart getroffen. Während die Minuten unendlich langsam dahinkrochen, war der Schmerz und die Einsamkeit kaum noch auszuhalten.

Montag, 8. Januar

Am nächsten Tag fuhr ich ins Kinderspital, wo ich mit Dagi und Mama um elf Uhr abgemacht hatte. Sie waren schon bei Marion im Andachtsraum. Ich klopfte an die massive Tür, immer und immer wieder. Endlich, nach zehn Minuten, öffnete Dagi. Was ich sah, brach mir das Herz. Marion lag bereits in einen Sarg gebettet. Dies, obwohl mir Mama vor dem Abflug beteuert hatte, ich könnte Marion ein letztes Mal in die Arme nehmen. Dies wäre unwahrscheinlich wichtig gewesen für mich. Gewissermassen die Erlösung. Stattdessen musste ich voll Bitterkeit akzeptieren, dass mir von nun an nur die Erinnerung blieb. Unter Tränen sagte ich zu Mama, die auf einem Stuhl neben dem Sarg sass: «Du hast mir doch gesagt, ich könne sie noch einmal …»

Mama reagierte nicht. Mit völlig entrücktem Lächeln sagte sie: «Schau mal, wie kalt ihre Fingerchen sind, wir müssen sie ihr ständig wärmen.»

Dabei rieb sie Marions Händchen in einem fort.

Dagi überliess mir ihren Stuhl, so dass ich wenigstens die zarte Hand des geliebten Kindes in der meinen spüren konnte. Sie war beinhart, steif und kalt – völlig surrealistisch. Was ich sagen will, man kann es gar nicht erfassen, alles ist so unwirklich, unvorstellbar und nebulös. Doch wunderschön sah sie aus, unsere Prinzessin. Sie trug den flauschigen rosa Pullover, einen schneeweissen Spitzenkragen darüber und auf ihrer Brust lagen zwei ihrer geliebten Teletubbies. Ach ja, eines, Lala war das, glaube ich, machte sich plötzlich selbstständig und sang ein Liedchen. Anscheinend hatte Dagi völlig vergessen, die Batterien zu entfernen, was sie nun schleunigst nachholte. Für einen Augenblick wenigstens, gelang es Lala, unsere Stimmung aufzuheitern. Um die Teletubbies herum hatten Mama und Dagi etwa zwanzig Rosenköpfe gestreut. Viel zu wenig, dachte ich plötzlich. Marion soll, wie eine Prinzessin, in ein Meer von Rosen gebettet sein. Gedacht, getan. Während Mama bei Marion blieb und sie weiter «aufwärmte», gingen Dagi und ich auf Rosenjagd. Unter den erstaunten Blicken der Floristinnen kauften wir alle pastellfarbenen Rosen der näheren Umgebung auf. Zurück im Kinderspital, köpften wir mindestens hundert duftende Blumen und legten sie, dicht an dicht, in den Sarg. Uns tat die Beschäftigung gut, ein letztes Mal konnten wir unsere Kleine verwöhnen – wie schön, wenn sie uns vom Olymp herab zugesehen hätte.

Auf einmal öffnete sich leise die Tür. Eine Krankenschwester trat ein. Zaghaft wagte sie sich vor, ob es uns was ausmachen würde, den Raum für eine Stunde zu verlassen, da eine weitere Trauerfamilie Abschied von ihrem Kind nehmen wolle. Dafür hatten wir Verständnis, zumal die Schwester versprach, dass wir nachher wieder kommen dürften.

Auf dem Weg zum Restaurant begegneten wir der Ärztin, die Dagi herbeigerufen hatte, als es mit Marion zu Ende ging.

Mir schien, als wäre sie beinahe froh darüber, uns anzutreffen. Sie wirkte besorgt und erkundigte sich voller Anteilnahme nach unserem Wohlergehen. Dann lag ihre Hand auf Dagis Schulter: «Ich möchte Ihnen etwas sagen», begann sie. «Im Moment ist es vielleicht kein Trost, aber später einmal, vielleicht. Marion wäre nie mehr dieselbe gewesen. Sie hatte während der Notoperation einen Herzstillstand und musste minutenlang am offenen Herz massiert werden. Da ihr Gehirn während dieser Zeit ohne Sauerstoffversorgung war, wäre sie nie wieder die Marion gewesen, die wir alle kannten.»

Nein, es war wirklich kein Trost. Wir hätten Marion nie, niemals verlieren wollen – auch nicht mit Gehirnschaden.

Am Nachmittag verblieb uns noch der schwere Gang ins Gemeindehaus. Mama winkte sogleich ab: «Ich schaffe das nicht, du musst Dagi begleiten.»

Marions Tod zu melden war für mich schlimmer als bei ihr am Sarg zu sitzen. Während wir bei der Einwohnerkontrolle Affoltern in der Reihe standen, musste ich ständig die Zähne zusammenbeissen. Schliesslich blickte mich der Beamte mit ausdruckslosem Gesicht an. Ich stockte einen Moment, dann fasste ich mir ein Herz: «Wir haben eine Todesmeldung», brachte ich noch knapp über die Lippen. Von da an übernahm Dagi die Aufgabe, die eigentlich mir zugedacht war. Wir wurden sogleich in ein Büro gebeten. Während der Beamte, der Marions Personalien aufnahm, auf der Schreibmaschine tippte, kämpfte ich immer wieder mit aufsteigenden Tränen. Und jedesmal, wenn ich Dagis halb erstickte Stimme hörte, mit der sie tapfer alle Fragen beantwortete, wurde es noch schlimmer. Als wir das Gemeindehaus verliessen, fühlte ich mich richtiggehend beschämt, weil ich meiner Schwester keine bessere Hilfe war.

Zu Hause erwartete uns Antonis' Familie aus Griechenland. Als wir die Stube betraten, waren alle in Tränen aufgelöst. Und inmitten dieser Trauergesellschaft mussten wir alles

Formelle erledigen. Irgendwie schafften wir es, zwischendurch sogar den Pfarrer zu empfangen und die Abdankungsfeier zu besprechen. Fehlte nur noch Marion …

Dienstag, 9. Januar

Am Dienstag fand die Sargüberführung vom Kinderspital statt. Als wir kurz darauf in der Friedhofskapelle eintrafen, bekam Dagi Zustände. Man hatte den Sarg einfach abgeliefert, ohne ihn zu öffnen. Und dies, obwohl sie es ausdrücklich verlangt hatte.

«Marion braucht Luft, es geht nicht, dass sie eingeschlossen ist», entsetzte sich Dagi.

Gemeinsam versuchten wir, den Sargdeckel zu öffnen, jedoch war das Ding fest zugeschraubt. Ohne zu zögern fuhr Dagi nach Hause und holte die Werkzeugkiste. Innert Kürze war sie mit verschiedenen Schraubenziehern und -Schlüsseln zurück. Dann lehnte sie sich über die Brüstung und wir hielten sie an den Beinen fest, damit sie nicht das Übergewicht verlor. Dies alles inmitten unendlicher Trauer und tiefster Verzweiflung.

Nach ungefähr zwanzig Minuten waren die sechs Schrauben gelöst, der Sargdeckel geöffnet und Marion kam in voller Blumenpracht zum Vorschein. Dagi erlitt einen Weinkrampf, als sie sie sah. Wir liessen sie allein und gingen nach draussen. Als ich die schwere Kapellentür öffnete, blickte uns eine ganze Zahl bekannter Gesichter entgegen. Antonis' Familie, unser Vater mit seiner Frau Hedy sowie ein paar Nachbarn hatten sich überraschend draussen versammelt. Jedem fiel es unsäglich schwer zu begreifen, dass Marion da drinnen, in dieser Kapelle, aufgebahrt liegen sollte. Das Wunderkind, das uns soviel Glück geschenkt, soviel Leid bereitet hatte.

Ich hielt den Anblick der von Trauer gezeichneten Gesichter nicht länger aus und flüchtete mich nach Hause.

Wie Engel heimkehren

Mittwoch, 10. Januar

Marions letzter «grosser Tag» fand am Mittwoch, 10. Januar in der Friedhofskapelle in Affoltern am Albis statt. Gleich nach der Abdankung sollte ihr Sarg ins Krematorium überführt, und am Freitag, im engen Familienkreis, die Urne beigesetzt werden.

Eine Stunde bevor die Abdankungsfeier begann, machten sich Dagi und ich auf den Weg zum Friedhof. Wir hatten vor, die ganze Kapelle mit Blumen zu schmücken, und etwas Wärme um Marions Sarg zu verbreiten.

Als wir eintraten und die vielen Gestecke sahen, die wir in Auftrag gegeben hatten, traf uns die volle Enttäuschung. Am meisten schmerzte, dass man Marions Namen, der mit unzähligen Rosenköpfen in ein Grabkissen gesteckt war, kaum entziffern konnte. Ein paar Sekunden haderten wir – dann ging alles ruckzuck! In fliegender Eile warf ich meine Steppjacke zu Boden, kniete mich hin und riss die Blumenköpfe einen nach dem anderen aus. Dagi füllte inzwischen die Herz-Gestecke, die unserer Meinung nach viel zu spärlich bestückt waren, mit zusätzlichen Rosen und Nelken auf. Für Tränen war jetzt keine Zeit. Allmählich fror ich mir die Finger ab. Ständig musste ich in nassen Steckschaum greifen, wo es doch ohnehin schon kalt genug war in der Kapelle.

Plötzlich erschreckte uns der ohrenbetäubende Klang der Orgel. Einen Moment hielten wir inne, sahen auf die Uhr und merkten, dass der Organist erst sein Instrument einstimmte. Doch viel Zeit blieb uns nicht mehr – höchstens zwanzig Minuten. Ein paar Trauergäste, die sich draussen versammelt hatten, konnten es anscheinend nicht abwarten, in die Kapelle hineinzuschauen. Entnervt verscheuchte ich jeden, der die Nase zur Tür hereinsteckte. Schon ging das Glockengeläute los. Dagi und ich blickten uns verzweifelt an. Wir waren noch mitten in der Arbeit. Die arme Marion, ganz allein aufgebahrt auf der Bühne, hätte bestimmt gesagt: «Mami und Veni, balla, balla …»

Schliesslich schlugen die Glocken mit voller Lautstärke und der Zug der Trauergäste war nicht mehr aufzuhalten. Wie ein dunkler, glühender Lavastrom der aus der Erdoberfläche tritt, strömten sie langsam in die Friedhofskapelle hinein.

Marion zu Ehren kamen viele Kinder, auch in Rollstühlen – ganze Klassen mit Lehrern und Lehrerinnen der heilpädagogischen Schule. In der Hand hielten sie leuchtende Kerzen. Es zerriss mir schier das Herz. Von da an bekam ich nichts mehr mit. Ich hatte niemanden begrüsst, niemanden verabschiedet. Ich weiss nur, dass während der Stille immer wieder Seufzer, unterdrücktes Husten und das Schnäuzen von laufenden Nasen zu hören war. Dabei war es eine höchst aussergewöhnliche, sehr persönliche Abdankungsfeier. Auf Wunsch von Dagi umfassten die Abschiedsworte von Pfarrer Schneebeli Marions Lebenslauf, untermalt von wunderbarem Gitarrenspiel. Mit Marions Lieblingsliedern wie «Sur le pont d'Avignon» und «Vogellisi» rührte er die ganze Trauergesellschaft.

Nach der Feier ging ich als eine der Ersten, wie trunken, zu Marions Sarg, kniete nieder, küsste ihre Stirn und weinte bitterlich. Ich wurde so lange geschüttelt von Krämpfen, bis einer der Männer unserer Familie herbeieilte, mich tröstend beim Arm nahm und wegführte.

Danach lief ich, so schnell ich konnte, den schwarzen Hut tief ins Gesicht gezogen, durch den Mittelgang hinaus ins Freie. Ninas Mama folgte mir und versuchte, mich zum Bleiben zu bewegen. Sie steckte mir eine Zigarette zu, dann kam ein Mann und schloss mich – ohne Worte – lange und fest in die Arme. Es konnte Ninas Papi oder Lilis Freund

Albi gewesen sein. Ich weiss es nicht. Jedenfalls beeilte ich mich, in den Wagen zu kommen. Gleich darauf fuhr ich, gefolgt von Ninas besorgten Eltern, in Richtung Weiningen. Sie blieben bis es eindunkelte bei mir zu Hause.

Leider bleibt die Welt nicht stehen, sie fährt grausam fort, sich zu drehen und Dagi konnte dem nicht entfliehen. Sie musste noch eine Weile durchhalten. Ihr und Marion zu Ehren waren die Trauergäste in Scharen gekommen – Menschen, die sie zum Teil jahrelang nicht mehr gesehen hatte. Ehemalige Schulfreundinnen, Arbeitskolleginnen, Nachbarn, überall hatte sich das Drama herumgesprochen. Die Friedhofskapelle war übersetzt, so dass viele Trauergäste stehen mussten. Einige davon lud Mama schliesslich noch zum Kaffee in Dagis Wohnung ein. Corinne, die Nachbarin, hatte inzwischen alles vorbereitet, um die Gäste zu bewirten.

Zu Hause angekommen, schirmte sich Dagi sogleich von den Trauergästen ab und verzog sich in die Schlafkammer.

Zu ihrem Unmut kam Mama immer wieder zu ihr und sagte: «Du, es möchte noch jemand kondolieren.»

Dagi lief fast Amok. Schliesslich begriff Mama und liess sie allein.

Danach lag Dagi lange auf dem Bett in ihrem Zimmer, eine Stunde, ein Monat, starrte vor sich hin, ohne etwas zu sehen. Sie war randvoll mit Todesgedanken.

«Dagmar braucht keine Albträume mehr,
das verbleibende Leben ist ihr Albtraum genug.»

Marion war ein aufgestelltes
harziges liebes Mädchen.
Ich wollte Marion sogar
heiraten. Beim Mittagessen
kam sie meistens und klopfte
an die Balkantür.
Döf i inecho sagte Marion.
Wen wir mit Dagi weggingen
hatte Marion immer ein
Problem mit dem Aautositzli.
Philippe nid mis Aautositzli
ga! Das sagte sie schon
1 Stunde vorher etwa
10 x.

Philipp

Philipp Baeriswyl

Eine Erinnerung an unsere geliebte Marion

Als Marion und ich klein waren waren wir in Spanien in den Sommerferien. Und dort kam es dazu dass sie meine Haare geschnitten hat. Oder zum Beispiel hatte sie immer Fleischkäse in der Hand und schwingt es immer herum. Plötzlich sagte sie zu mir „das ist ein Schnäbbeli. Dagi und Marien kamen uns mal besuchen in Spreitenbach, auf einmal waren Marion und Nina verschwunden Dagi und Mami suchten das ganze Haus ab. Sie fanden uns im Badezimmer wir waren in der Badewanne und badeten. Oder als Marion und ich uns bei Dagi im Auto versteckt haben und Mami und Dagi ausgesperrt haben. Seit ich Marion kenne brauch ich fast immer Ketchup vor allem für Fleisch.
Ich habe sehr viel von Marion gelernt und dafür bin ich ir Dankbar

Liebe Grüsse
von Euer Nina
han eu ganz fescht gern
und Lieb

22. Juni 2008

Das ssch üsen Engel

Als du gestorben bist am 5 Januar bekam ich plötzlich in der Schule hohes Fieber.

Nina Bumbacher

Was ich noch alles von Marion weiss:

- Sie liebte es auf der Schaukel zu singen.

- Wenn sie bei uns zu Besuch war, wollte sie oft Fotoalben anschauen.

- An einem Nachmittag brachte mein Bruder Daniel, Marion bei ihren Namen zu sehr schreiben.

Angela von Achenbach   14.9.08

Angela (Angi) von Achenbach

Als ich auf die Welt kam, war der Gedanke meiner Schwester mich im Spital zu besuchen und in die Arme zu nehmen.

Sie war immer für mich da wenn ich sie brauchte. Ich wusste noch wie sie damals bei uns zu Hause den Freunden von uns befahl jetzt ins Bett zu gehen obwohl es manchmal erst 17:00 Uhr war. Und sie sagte uns auch noch „jetzt gömer is Kino" das war kein richtiges Kino sondern unser Fernseher zu Hause. Damals in Spanien als ich im Swimmingpool war, warf sie mir ein paar Tauchstäbe ins Wasser und sagte: „scheisse Chris" sie hatte Angst dass ich ertrinke, war aber nicht der Fall. Als sie Geburtstag hatte kam ein Clown zu uns und viele Freunde. An diesem Fest spielte sie einen Koch namens „Betty Bossi".

Als ich 6 Jahre alt war kam das Schlimmste für mich nämlich das Verabschieden meiner Schwester.

Chris Tantsiopoulos

182

Gespräch mit Antonis

Das Gespräch fand bei Antonis zu Hause mit Verleger Adrian Suter im Beisein von seinem Sohn Chris und dessen Freund Philipp bei einem griechischen Essen statt.

Antonis: «Ich hab dir am Anfang gesagt, ich lebe in der Schweiz und habe eine neue Mentalität kennengelernt. Die Südländer sind ganz anders. Es wird nicht akzeptiert in Griechenland, wenn du ein Kind mit Down-Syndrom hast.»
Antonis wiederholt eindringlich: «Es wird nicht akzeptiert, einfach nicht akzeptiert. Weisst du, wenn du dort ein Behindertenheim besuchst, siehst du: Die leben wie die Tiere, und das ist traurig, sehr traurig. Am Anfang habe ich auch so gedacht und empfand mein Kind als Schande. Ich dachte, dass das in Ordnung ist. Du bist einfach so erzogen und machst genau, was du gelernt hast. Aber hier in der Schweiz habe ich erfahren, dass Down-Syndrom Kinder auch Menschen sind. Ich fuhr damals Taxi. Allen Chauffeuren waren diese Fahrten unangenehm. Ich hingegen nahm alle Aufträge mit Behinderten an, egal wo es war und wie viele Leerfahrten ich in Kauf nehmen musste.»
Adrian Suter: «Du meinst, nachdem Marion geboren war?»
Antonis nickt.
Adrian Suter: «Das heisst, du hast die Angst vor dem Kontakt überwunden?»
Antonis: «Darum geht es nicht, aber ich habe diese Menschen verstehen gelernt und habe eingesehen, dass auch die Natur Fehler macht. Was willst du machen, du musst es einfach akzeptieren.
Adrian Suter: «Verstehe ich recht, dass es in Griechenland eine Schande ist, ein behindertes Kind zu haben?»
«Ja, man schämt sich und versteckt diese Menschen.»

Adrian Suter: «Immer noch?»

Antonis: «Schau, Adrian, ich lebe nun seit dreissig Jahren in der Schweiz. Natürlich hat sich auch in Griechenland seit 1980 einiges verändert. Aber besonders die alten Leute sind noch gleich. Und als ich mit Dagi Ferien in Griechenland machte, haben die Kinder Marion ausgelacht. Das hat mich sehr böse gemacht und ich habe gesagt: ‹Wisst ihr, das dürft ihr nicht, das sind auch nur Menschen wie wir›. Auch wenn wir essen gegangen sind, wurden wir schief angeschaut, und das tat sehr weh.»

Adrian Suter: «Hast du das so erlebt, in der heutigen Zeit?»

Antonis: «Nun ja, das war, als Marion noch ganz klein war. Weisst du, wenn du dich als Mann entscheidest, zu heiraten, dann möchtest du eine Familie gründen. Dagi und ich hatten in dieser Zeit, wo Marion geboren war, ganz einfach Kommunikationsprobleme. Darum trennte ich mich für ein paar Monate von der Familie. Aber ich besuchte Marion während dieser Zeit oft und hütete sie, wenn Dagi arbeitete. Ich habe eingesehen, dass ich einen Fehler gemacht hatte, und dass eine finanzielle Unterstützung nicht reichte – dass ich eine Frau mit einem behinderten Kind verlassen habe. Und das ist nicht gut. Vor allem bei uns. Wir Griechen sind auf eine Art Scheisse, aber wir sind auch empfindsam. Du darfst eine Frau nicht verlassen, denn ein Kind auf die Welt zu bringen braucht immer zwei Personen. Du musst mitmachen. Und deshalb bin ich zurückgegangen. Ich liebe Kinder, ich wollte viele Kinder, und weisst du, was ich festgestellt habe?»

Antonis macht eine Pause und sagt dann mit brüchiger Stimme: «Mich hat nur ein Mensch wirklich geliebt. Nur einer. Nur meine Tochter. Nicht einmal meine Mutter.» Er nimmt einen Schluck Wein, im Hintergrund läuft lateinamerikanische Musik.

Adrian Suter: «Und Dagi, hat sie dich nicht geliebt?»

Antonis «Nein.»

Adrian Suter: «Oh, da habe ich aber anderes gehört!»

Antonis: «Du, äh ... das ist eine andere Sache, für mich ist Liebe eine andere Sache. Wir können das schon analysieren. Aber nicht einmal du weisst, was Liebe heisst, kein Mensch weiss, was Liebe heisst.»

Adrian Suter: «Aber Dagi hat dich bedingungslos geliebt, zumindest in den ersten Jahren ...?»

Antonis: «Ich bin schon in einem gewissen Alter, aber ich glaube immer noch an die Liebe. Aber an die richtige Liebe. Nicht die Liebe, wo du eine Woche, einen Monat oder ein Jahr überzeugt bist, dass du diesen Mann gern hast. Du hast ihn gern, aber du liebst ihn nicht. Du hast ihn gern, weil er zahlt, weil er lacht, weil er der Vater deiner Kinder ist und so weiter. Liebe ist etwas anderes. Ich sage dir Adrian, diese Liebe, wo meine Tochter hatte für mich, das ist die richtige Liebe. Sie hat gewusst, was Liebe heisst. Ich kann es dir nicht erklären, dir ist das nicht passiert ...»

Adrian Suter: «Ja, ich weiss, was du meinst. Es gibt natürlich verschiedene Arten der Liebe, das stimmt.»

Antonis: «Nun ja, aber ich unterschreibe für das, was ich sage. Manchmal habe ich bis in die Nacht gearbeitet und am Tag geschlafen. Dagi hat dann die Schlafzimmertür zugemacht, damit ich nicht gestört werde. Marion ist einfach um das Haus gelaufen und hat» – Antonis lacht – «vor meinem Fenster gesungen!»

Adrian Suter: «Ja, ja, davon habe ich gehört: ‹Papi aufwachen, Papi aufwachen› hat sie immer und immer wieder gesungen.»

Antonis: «Ja, ja, genau. Und sie hat nicht mit den anderen Kindern gespielt, sie hat gewartet und gesungen, bis ich aufgestanden bin. Weisst du, andere Kinder gehen in McDonald's oder spielen. Marion hat verzichtet auf alles, alles, alles. Sie wollte mit mir in die Garage, einfach um bei mir zu sein.»

Adrian Suter: «Wie lange warst du mit Dagi verheiratet?»

Antonis: «Warte mal ..., ich glaub jetzt sind es 24 Jahre.»

Adrian Suter: «Ah, ihr seid nicht geschieden?»

Antonis: «Nein, aber seit Frühjahr 2007 getrennt. Äh, schau, wir müssen nicht die Sache ... ich meine, ich habe immer noch einen guten Kontakt mit meiner Frau, und ich will diesen Kontakt, aber wir haben sonst nichts mehr zum teilen. Die Liebe ist weg. Es ist fertig. Vielleicht ist es ihre Mentalität, ihr Charakter. Ich verstehe das Problem. Eigentlich habe ich mir das anders vorgestellt mit meinem Lebenspartner. Für sie ist es richtig, und ich habe die Trennung akzeptiert. Aber für mich ist das alles falsch. Wegen dem müssen wir nicht streiten.»

Adrian Suter: «Hm ...»

Antonis: «Ich habe einen riesengrossen Respekt vor ihr, und vor allem: «Wir haben schon gewusst bei der Geburt, die Kleine hat ein kurzes Leben – medizinisch, meine ich. Weil, ich glaube nicht an Gott, ich glaube nur an Medizin. Wenn ein Arzt dich gut behandelt, verlängert er dein Leben, wenn nicht, er lässt dich sterben. Für mich ist das ein Gott – indirekt. Und die Ärzte haben gesagt, die Kleine hat ein kurzes Leben, und Dagi hat geholfen, dieses Leben zu verlängern – Medizin und Dagi zusammen. Ich kann das nicht vergessen, wie Dagi das mit der Milch und dem Schlauch gemacht hat und alles. Ich wäre dazu nicht in der Lage gewesen.»

Eine Weile wird gegessen, geplaudert und gelacht, griechische Musik berieselt die kleine Runde.

Adrian Suter wendet sich an Philipp, Chris' Freund: «Du, Philipp, den Zettel, den du geschrieben hast, fand ich so herzig. Wie du schreibst, dass Marion immer Angst hatte, dass du in ihr Autositzchen steigst. Und dass sie jeweils schon eine Stunde vor der Abfahrt immer wieder sagte: ‹Aber gäll, Philipp, nicht in mein Sitzli hocken.› – Hast nicht auch du geschrieben, dass du sie heiraten wolltest?»

Antonis lacht: «Momoll, das ist von ihm. Und Angi hat ja auch etwas geschrieben.»

Philipp: «Ja, aber ich glaube, sie möchte es noch einmal neu machen. Sie hat sich nicht so Mühe gegeben und wusste nicht, dass der Text ins Buch kommen sollte. Sie ist mega erschrocken, als ich ihr das gesagt habe.»

Adrian Suter: «Chris, du könntest ja auch ein paar Sätzchen schreiben. Marion war ja deine Schwester.»

Chris: «Hm … Vor Donatella hatte sie ja immer etwas Angst.» Er lacht: «Ja, die hat mich später fast jeden Tag gefragt, ob Marion jetzt im Himmel ist. Immer auf dem Schulplatz in der Pause.»

Damit waren wir wieder beim Thema angelangt.

Adrian Suter: «Wo sind wir eigentlich stehen geblieben vor dem Essen?»

Antonis: «Ja ja, Marion … Die Zeit mit dem Kind hat mir viel Erkenntnis gebracht. Und sie war so lieb, soo lieb! Du hast zum Beispiel ein Tier zu Hause, du verbindest viel mit dem Tier; wenn du es verlierst, dann wirst du traurig. Nun stell dir mal vor, ein Mensch …»

Adrian Suter: «Hmm.»

Antonis: «Ich habe am Anfang viel nachgedacht und meine Meinung geändert. So lange man lebt, lernt man immer. Aber das, was ich gelernt habe mit meiner Tochter, das kenne nur ich. Es ist schwierig zum sagen.»

Adrian Suter: «Ich finde, du erzählst sehr gut.»

Antonis zuckt die Schultern: «Das sind meine Gefühle.»

Adrian Suter: «Dagi hat da etwas mehr Mühe als du …»

Antonis: «Doch, doch, Dagi hat sehr viele Gefühle, aber sie kann nicht darüber reden.»

Adrian Suter: «Oh ja, Dagi hat sicher ganz starke Gefühle, ich meine, ich spürte ja, wie aufgewühlt sie war, bei all unseren Gesprächen.»

Antonis: «Ja ja, sie äh …» «Und wenn wir über Dagi reden, ich sage dir, ich habe einen Riesenrespekt und es tut mir leid für diese Frau, aber ähm – c'est la vie – Dagi hat vieles gemacht für Marion, vieles.»

Adrian Suter: «Ja, wahnsinnig viel, und Grösi auch.»

Antonis: «Eigentlich, die Jahre, die Marion gelebt hat, hat sie Dagi zu verdanken. Dagi hat sie alles gelehrt. Sie hat sich so unglaublich aufgeopfert für Marion und hat alles gemacht für sie. Und Marion hat immer gesagt: ‹Papi gah, Papi anrufen, Garage gah›.»

Adrian Suter: «Und zu Vreni wollte sie auch oft.»

Antonis: «Ja, aber mit mir ist das etwas anderes, ich sage dir ...»

Adrian Suter: «Mama sein ist manchmal undankbar, aber das ist ganz normal.»

Antonis: «Die Buben sind halt mehr mit der Mutter zusammen, die ersten Jahre jedenfalls. Für Marion habe ich mir Sorgen gemacht, was nach meinem Tod ist. Das ist für mich auch ein Problem gewesen.»

Adrian Suter: «Ich verstehe nicht ganz.»

«Was nach meinem Tod passiert mit Marion, meine ich. Weil du hörst verschiedene Geschichten von Heimen und so.»

Adrian Suter: «Ah, du hattest Angst, dass Marion nach deinem Tod in ein Heim kommt?»

«Genau, das ist für mich auch ein riesiges Problem gewesen, ich meine, wenn Dagi und ich nicht mehr wären. Aber äh, ich will sagen, ich hab auch kein schlechtes Gewissen, sie hat nur kurz gelebt, aber dafür wie eine Prinzessin. Ich habe alles gemacht. Das heisst, ich will nicht sagen, ich habe alles selber gemacht, wir haben alles gemacht, wir, Dagi und ich, und Dagi hat viel mehr gemacht.»

Adrian Suter: «Und Dagi wurde ja belohnt, mit so viel Liebe.»

Antonis: «Ja, ja, da gibt es zwei drei Sachen, die ich nie vergessen werde. Eine Sache, äh, wir sind einmal einen Berg hinunter gegangen. Sie sagte wie schon so oft: ‹Gäll Papi, du bist mein Freund›, und ich nickte: ‹Ja, und du bist meine Freundin.›»

Adrian Suter: «Nein, so herzig.»

Antonis: «Dann habe ich gesagt, weisst du was Marion, wir gehen mal nach Griechenland, und dann fahren wir zusammen mit dem Schiff von Insel zu Insel.» Sie antwortete: ‹Nein, Papi, du musst warten, bis ich wieder gesund bin.›»

Adrian Suter: «Also hat sie gedacht, dass sie einmal wieder ganz gesund wird?»

Antonis nickt: «Oh ja, sie hat gewollt, mit aller Kraft wollte sie gesund werden.»

Adrian Suter: «Hm, das habe ich mitgekriegt, ihr Lebenswille muss unglaublich stark gewesen sein.»

Antonis: «Für Marion, das Kinderspital war eigentlich das grosse Problem. Aber sie ist manchmal freiwillig gegangen. Also, sie wollte gesund werden, um zu leben.»

Adrian Suter: «Ja, man konnte es ihr auch gut erklären, vor allem Dagi. Dass es ihr dann besser gehe, wenn man wieder diese oder jene Operation mache.»

Antonis: «Sie hat schon gewusst – sie war empfindlich – mit den Nadelstichen, Blut zu nehmen und so weiter. Trotzdem ist sie freiwillig gegangen.»

Adrian Suter: «Unglaublich tapfer.»

Antonis: «Wenn sie jeweils den Spitalgeruch roch, hat sie die Nase gerümpft und hat so gemacht.» Antonis imitiert den Mittelfinger.

Adrian Suter scherzt: «Das könnten wir als Buchcover nehmen.»

Allgemeines Gelächter.

Antonis: «Ich habe mehrere solche Kinder kennengelernt, ich meine, Kinder mit Down-Syndrom. Aber so, wie Marion war, das ist einmalig. Und weisst du was, ich kann das unterschreiben. Man denkt oft, Kinder mit Down-Syndrom, die sind dumm – die sind gar nicht dumm. Die sind dumm, wenn sie wollen, und die sind sehr intelligent, wenn sie wollen. Das Problem ist, die anderen Eltern, wenn du siehst ein Kind mit Down-Syndrom, wenn es nicht aktiv ist, diese Eltern haben dem Kind nichts gezeigt, gar nichts gezeigt, gar nichts gemacht. Die haben das Kind in einer Ecke gelassen, und einfach nur noch Essen gegeben, dann schlafen, essen, und wieder schlafen.»

Adrian Suter: Nickt.

Antonis: «Wir haben viel, viel – ich sage immer wir – ich will nicht sagen, meine Frau hat mehr, oder ich habe mehr, ich meine, meine Frau hat alles gemacht. Aber ich will sagen, ich habe auch teilgenommen. Entweder psychisch oder mit Finanzen oder egal was.»

Antonis steht auf und entkorkt eine Flasche Retsina. Wir stossen an und er fährt fort: «Ich habe Marion nie nein gesagt. Darum habe ich heute kein schlechtes Gewissen.»

Adrian Suter: «Ja, muss auch niemand haben, also – diese Zuwendung, die sie erhalten hat ... Und sie hat auch so viel zurückgegeben.»

Antonis nickt. «Wir haben so viel gearbeitet mit dem Kind. Und darum war sie trotz der Behinderung intelligent, sehr sehr intelligent.»

Adrian Suter: «Ja, ja, und clever, extrem clever – und wie sie die Leute beobachtet hat.»

Antonis: «Ja ja, sie hat alles gewusst, was ist richtig und was ist falsch.

Adrian Suter: «Also sehr sensitiv.»

Antonis: «Ja, das ist gleich wie bei normalen, gesunden Kindern. Wenn du Zeit investierst, lernen sie. Das Kind lernt, was deine Eltern dir gezeigt haben. Das ist die Erziehung. Ich habe immer gedacht, Griechenland ist ein armes Land im Balkan. Die haben Krieg gehabt. Zum Beispiel meine Eltern, die haben keine Chance gehabt, zur Schule zu gehen, weil damals war Hitler da, die hatten nichts zu essen. Ich habe immer gedacht, die Jungen von heute, die gehen an die Uni und und und. Dann wird Griechenland anders. Aber nein, es ist nur schlechter geworden. Die Jungen sind noch schlimmer als ihre Eltern. Egal, ob sie studiert haben, es ist das, was sie von ihren Eltern bekommen haben, Mentalität hat nichts mit Bildung zu tun.»

Adrian Suter: «Das ist klar, ja, und Herzensbildung ist etwas ganz anderes als Schulbildung. Aber mir hat die griechische Mentalität immer gut gefallen.»

Antonis: «Schau mal, wenn die neuen Griechen aufstehen, die machen uns alles kaputt. Natürlich sind wir schon noch etwas stolz, jeder ist stolz auf was er ist, wegen alte Geschichte, alte Kultur und so weiter, natürlich. Aber die alten Griechen sind gestorben, und was machen die neuen Griechen? Sie wollen immer noch zeigen, wer sie sind, durch die Vorfahren. Nein, du musst selber zeigen, wer du bist. Es spielt keine Rolle, was die Alten gemacht haben, die sind fertig jetzt. Wir sind die neuen! Aber natürlich sind wir froh, dass wir die alte Kultur noch etwas bewahren konnten.» Antonis seufzt. «Ja, Marion, ich glaube, sie ist immer da, irgendwo bei mir, irgendwo im Zimmer.»

Adrian Suter: «Ich glaube, sie hat schon viel griechisches gehabt im Blut. Sie hat sehr viel Temperament gehabt, mehr als du ...»

Antonis: «In Griechenland im Ferienhaus in Toroni haben wir eigentlich keine Probleme gehabt. Die Leute sind anständig gewesen in dieser Umgebung. Vielleicht weil sie Respekt hatten. In Nebia, ich war noch jung und unerfahren, musste ich kämpfen gegen diese Idioten, das war zuviel für mich. Darum sag ich, die Griechen schämen sich. Als ich in die Schweiz kam, habe ich sehr viele behinderte Kinder gesehen und ich habe gedacht: Gopfertami, in diesem Land machen die nur noch behinderte Kinder.» Antonis lacht über sich selbst.

Adrian Suter: «Dabei gibt es in Griechenland gleich viele, aber dort werden sie halt versteckt?»

Antonis: «Verstecken, verstecken, ja, das ist der Unterschied. Und das ist traurig, traurig.»

Adrian Suter: «Unvorstellbar.»

Antonis: «Eben, darum habe ich gesagt, solang du lebst, du lernst. Wenn das Kind nicht gekommen wäre, hätte ich immer noch, mit fünfundfünfzig Jahren, keine Ahnung gehabt.»

Adrian Suter: Nickt.

Antonis: «Und jetzt, wenn ich eine Diskussion habe über dieses Thema, möchte ich nur reden mit Menschen, die mich verstehen, sonst will ich nichts reden.»

Adrian Suter: «Wie war das im Café Select, hast du nie Probleme gehabt mit den Griechen? Du bist doch mit Marion oft zu diesen Griechentreffs gegangen.»

Antonis: «Nun ... ich sage nicht, dass alle meine Landsleute gleich sind. Meine Kollegen hatten Respekt für mich, für meine Frau und für mein Kind. Die nahmen Teil, wie Brüder.»

Adrian Suter: «Haben deine Kollegen auch Freude gezeigt an Marion?»

Antonis: «Doch doch, sie hatte dort viele Freunde, vor allem den Kostas hatte sie sehr gern.»

Adrian Suter: «Ist dir vielleicht ein besonderes Erlebnis im Kopf geblieben?»

Antonis: «Hm, das ist natürlich zwölf Jahre her. Ich habe viel gearbeitet und hatte wenig Zeit. Aber äh, zu Hause hat Marion immer auf mich gewartet am Abend und wollte nicht ins Bett, bis ich heimkam. Und wenn sie mal im Bett war und hat mich gehört – wupps, ist sie aufgestanden. Sofort zum Papi.» Antonis seufzt.

Adrian Suter: «Diese Liebe zu Marion, wie soll ich sagen. Ist die irgendwann, plötzlich, wie eine Erkenntnis gekommen, oder hat sie sich langsam in dein Herz geschlichen?»

Antonis: «Äh, schau mal, ich habe dir gesagt; niemand ist fehlerlos, alle machen wir Fehler in unserem Leben. Diese Kombination, wo ich weggegangen bin nach einem Jahr, wo Marion geboren war, sieht aus, wie wenn ich wegen dem Kind gegangen wäre. Aber nein. Das war nicht der Grund, das war ein anderer, persönlicher. Und ... wenn ich darüber rede, möchte ich nicht meine Frau verletzen. Sie hatte ihre Meinung, aber ich wollte weiter Familie aufbauen. Die Ärzte haben immer gesagt, unser Fall passiert einmal in tausend Geburten, und wir sind betroffen wie andere Menschen auch. Es gibt keinen Grund, Angst zu haben, dass bei einem zweiten Kind wieder das gleiche passiert. Weil es ist ein Fehler der Natur.»

Adrian Suter: «Also nicht vererbt?»

Antonis: «Genau, aber Dagi hat immer Angst gehabt. Sie hat das nie direkt gesagt, aber ich habe das so verstanden. Äh ... meistens in so einem Fall sind die Frauen ‹schuld›, weil von den Frauen kommen weniger Chromosomen als von den Männern und dann wird so ein Kind geboren. Ich wollte nicht wissen, von welcher Seite war der Fehler – von ihr oder von mir, das ist egal. Ich hatte ja auch keine Ahnung, kannte nichts von Medizin. Aber wir haben viel mit Ärzten gesprochen und dann habe ich angefangen zu wissen, wie wo was. Ich habe natürlich viele Kinder mit Down-Syndrom gesehen, aber ich habe nicht gewusst, warum die so sind. Und dann ist Chris gekommen, sechs Jahre später.»

Adrian Suter: «Musstest du denn Dagi fast überreden zu einem zweiten Kind.

Antonis: «Ja, weil das Leben ... weisst du, es gibt ein Sprichwort, dass sagt, wenn man stirbt, sagt man dem anderen, ich kondoliere dir, das Leben geht weiter. Jetzt ist die Frage: Wie nimmt man dieses Wort ‹Das Leben geht weiter›? Weil für mich war es fertig. Aber du musst einen Strich machen. Das heisst nicht, dass du dein verstorbenes Kind oder irgend jemand, den du geliebt hast, vergisst, aber was sollst du machen? Den Rest deines Lebens traurig sein? Das bringt auch nichts. Wenn ich denke, dass Marions Geist existiert, und sie sieht auf mich herab und ich bin traurig, hat sie auch keine Freude. Das war für mich am Anfang schwierig, ist es Wirklichkeit, ja oder nein? Du kannst auch Schluss machen mit deinem Leben, aber das ist auch keine Lösung.»

Adrian Suter: «Ob es einen Geist gibt, wissen wir erst, wenn wir auch dort sind.»

Antonis nickt. «Ich bin lange nicht auf Marions Grab gegangen, aber für mich, sie ist da, bei mir zu Hause.»

Adrian Suter: «Hm, du musst nicht unbedingt aufs Grab, um sie zu spüren.»

Antonis: «Der Friedhof ist nicht ihr Platz, wir haben sie dort nur begraben.»

Adrian Suter: «Ich meine, es gibt viele Leute, die zum Grab gehen, um an die Verstorbenen zu denken, aber das kannst du gerade so gut zu Hause machen.»

Antonis: «Ja, aber ich will sagen: Es gibt viele Leute, die dich beobachten, ob du alles korrekt machst oder nicht. Aber was ist korrekt und was nicht? Ich weiss es nicht. Man muss sich nicht beliebt machen oder einer Norm folgen, Hauptsache ist, was fühlst du innen.»

Adrian Suter: «Genau das finde ich auch, es ist überhaupt nicht wichtig, was die Leute denken.»

Antonis: «Ja, aber trotzdem; meine Mutter hat mir immer gesagt: ‹Warum machst du Seich, was denken die anderen Leute›. Und ich habe gesagt: ‹Mutter, wenn ich krank bin, interessieren sich die anderen Leute auch nicht für mich. Niemand schaut für mich. Wieso schämst du dich dann, wenn ich Seich mache. Die anderen sollen erst mal vor ihrer eigenen Tür wischen.›»

Adrian Suter: «Genau.»

Antonis: «Wo Dagi im achten Monat schwanger war, musste sie zum Untersuch ins Limmattalspital. Traurig ist, die Ärzte haben bestimmt gewusst, was los war. Aber niemand hat uns informiert. Man hat versucht, Marion zu retten. Zufällig war der Geburtsarzt auch Grieche. Und sofort nach der Geburt, ich habe gedacht, hier stimmt etwas nicht.»

Adrian Suter: «Erzähl mal, was ist dir denn aufgefallen?»

Antonis: «Ja, vom Gesicht her, als ich sie waschen durfte. Aber vor allem: Normalerweise gratulieren dir alle und freuen sich. Aber kein Mensch hat etwas gesagt. Alles war ruhig, totenstill. Und der Arzt hat seine Hände gewaschen und hat gesagt: ‹Du, gehen wir mal nach draussen, ich will dir etwas sagen. Das Kind hat ein Problem mit dem Herz und muss sofort ins Kinderspital.›»

Adrian Suter: «Und das Down-Syndrom hat er nicht erwähnt?»

Antonis schüttelt den Kopf: «Aber äh ... ich habe gebohrt

und gefragt: ‹Du, ich will Ehrlichkeit, was ist mit dem Kind?›
Dann hat er die Wahrheit gesagt. Ich habe geantwortet: ‹Du
gehst jetzt rein und gibst dem Kind eine Spritze› – darum
habe ich gesagt, ich habe auch Fehler gemacht.»

Adrian Suter: Wie hat der Arzt darauf reagiert?»

Antonis: «Er antwortete: ‹Ich versteh dich schon. – Jetzt
kommst du mit mir›. Und er nahm mich zu sich nach
Hause.»

Adrian Suter: «In der selben Nacht, als Dagi im Spital lag?»

Antonis: «Nein, am nächsten Tag. Er zeigte auf das jüngste
seiner drei Kinder und sagte: ‹Siehst du dieses Kind, es ist
genau gleich wie deine Tochter.› Er sagte: ‹Ich versteh dich
schon. Der da redet, bist nicht du, es ist deine Verzweiflung.
Ich habe auch lange studiert, ich habe alle Haare verloren.
Gott hat mir als drittes Kind so eines geschickt wie deine
Tochter.› Er hat mich lange angesehen. ‹Wenn du das wirklich möchtest, was du gesagt hast, dann schäme ich mich. Ich
schäme mich für dich, weil du Grieche bist.› – Ich vergesse
diese Worte nie.»

Betroffen sitzen wir da und schweigen.

Antonis fährt mit brüchiger Stimme fort: «Und ich schäme
mich, schäme mich heute noch dafür. Ich wollte lange mit
niemandem über das Problem reden. Aber heute, wenn es
gibt andere Menschen, die frisch betroffen sind von diesem
Problem, möchte ich mit ihnen reden.»

*Adrian Suter: «Es ist ja klar, dass dies ein gewaltiger Schock
war; ich weiss auch nicht, wie ich reagiert hätte, wenn mein
Sohn mit dieser Krankheit zur Welt gekommen wäre. Das muss
man erst einmal verarbeiten.»*

Antonis schweigt lange. «Ich wollte nichts davon wissen.
Ich habe Dagi sogar gesagt: ‹Jetzt gehen wir nach Hause,
und lassen das Kind hier, das Kind kommt nicht ins Haus.›
Ich wollte sie beeinflussen, aber sie ist dann wieder zurückgegangen, zu Marion.»

Adrian Suter: «Dein Mut zu Ehrlichkeit berührt mich.»

Antonis verlegen: «Ich schäme mich, aber ich habe kein schlechtes Gewissen. Warum soll ich mich verstecken? Die meisten wissen alles über mich, und das ist gut. so. Und ich habe ja meine Fehler wieder in Ordnung gebracht.»

Adrian Suter: «Bestimmt, da bin ich mir sicher.»

Antonis: «Weisst du, bei der Geburt von Chris habe ich für die Kinder ein Sparkonto gemacht, und da gab es keinen Unterschied zwischen dem kranken und dem gesunden Kind. Beide haben gleich viel bekommen. Marion, bevor sie starb, hatte einen schönen Batzen auf der Seite. – Und ja, dann kamen diese Operationen. Ich mache den Ärzten keinen Vorwurf. Sie haben alles versucht. Gut, für einige war Marion vielleicht ein ‹Versuch›. Aber ein Mensch ist eben kein Auto. Bei einem Auto kannst du einen Schlauch auswechseln, der ist immer genau gleich gross. Ein Mensch ist ganz anders. Es ist zwar immer dieselbe ‹Konstruktion›, und der Arzt weiss, wie der Körper funktioniert. Aber jeder ist anders, keiner ist gleich. Und die Ärzte haben alles versucht, sie haben gedacht, vielleicht es gibt eine Chance, aber sie haben nicht gewusst, wie gross. Und die Hoffnung stirbt zuletzt. Aber es hat nicht geklappt. Und das letzte, an was ich mich erinnere ...» Antonis drückt seine Hände auf die Lider und schluchzt. Betretenes Schweigen. Unter Tränen sagt er: «Es war das letzte Mal, dass sie die Augen aufgemacht hat.» Er schluchzt. «Wir haben ... in der Intensivstation versucht, sie zu wecken, und dann hat sie für eine Minute die Augen aufgemacht. Dann hat sie Tränen gehabt. Antonis schnupft. «Oh Gott ... Wir wissen es, wir Menschen sind alle geboren und wir müssen alle sterben, wenn die Zeit kommt. Aber, wenn man normal geboren ist und anständig sterben kann ...»

Eine ganze Weile schweigen alle.

Adrian Suter: «Wann hat Marion denn die Augen nochmals aufgemacht?»

Antonis: «Am vierten Januar», und gestorben ist sie am Tag danach, ohne nochmals aufzuwachen.»

Er stösst einen tiefen Seufzer aus, schnäuzt die Nase.

Adrian Suter: «Ich weiss von der Operation im März 2000. Da hast du ihr Fleischbällchen auf die Intensivstation mitgebracht. Und eigentlich konnte sie mit der Sauerstoffmaske nichts essen. Aber weil du es warst, ... dir zuliebe, hat sie es getan. Du hobst die Maske an und schobst ihr ein Fleischbällchen in den Mund, nicht wahr?»

Antonis lächelt verklärt: «Weisst du, für mich hat dieses Kind eine grosse Bedeutung, nicht nur, weil es meine Tochter war. Für mich hat es verschiedene Bedeutungen, die niemand versteht. Ich habe von Marion Gefühle bekommen, die ich noch nie erlebt habe. Nicht einmal bei meiner Mutter, die mich zur Welt gebracht hat.»

Adrian Suter: «Denkst du, sie konnte emotional so offen sein, gerade weil sie diese Krankheit hatte, weil sozusagen keine Barriere vorhanden war?»

Antonis: «Ich weiss es nicht, ich weiss nur – es gibt Tausende, Millionen von Menschen, aber niemand hat mir je solche Gefühle gegeben wie meine Tochter. Und das ist schwierig zu erklären. Da kann der andere fragen: was hat sie dir denn gegeben – ich kann es nicht mit Worten sagen. Ich kann nur sagen, welcher Mensch weiss schon, was Liebe ist, echte Liebe.»

Adrian Suter: «Marion war ein Kind, das seine Gefühle und Gedanken direkt gezeigt hat, ungefiltert, und sie hatte einen pointierten Wortwitz.»

Antonis nickt: «Ich weiss, dass Dagi da sehr viel beigetragen hat, und dafür bin ich ihr ewig dankbar. Und ich wusste, und weiss es immer noch: Marion war für Dagi alles, einfach alles. Sonst sie ist ein verschlossener Mensch, der nicht in sie hineinschauen lässt. In all den Jahren habe ich nicht in ihre Seele schauen können. Aber gelacht hat sie immer viel.»

Adrian Suter: «Während der Gespräche mit Dagi über Marion konnte ich aber deutlich spüren, wie aufgewühlt sie war, wie stark sie darunter litt, die ganze Geschichte noch einmal aufzurollen, die Wunde aufzureissen.»

Antonis: «Ja, das sage ich …, es geht mir genauso.» Er schnupft. «Es ist einfach kein Leben mehr ohne Marion.»

Adrian Suter: «Aber Chris, mit ihm hast du doch ein gutes Verhältnis, gibt das keinen Trost?»

Antonis: «Ja, natürlich. Ich habe auch schon gelesen, dass viele Paare wieder zusammenkommen nach einem schweren Schicksalsschlag. Aber bei uns ist das nicht möglich. Wir hassen uns nicht, wir telefonieren und Chris kommt regelmässig zu mir. Aber zusammenleben könnten wir nicht mehr. Aber zum Thema Marion muss ich sagen: Dagi war super, die beste Mutter der Welt. Dies gilt auch bei Chris. Und Dagi tut mir heute noch leid. Als junge, gesunde Frau von 26 Jahren bekommst du ein krankes Kind – und 50-jährige gebären ein gesundes. Und niemand klärt dich auf. Ich wurde völlig überrumpelt. Darum meine ich, dass es besser gewesen wäre, uns zu informieren vor der Geburt. Oder man hätte – wie bei Chris, frühzeitig einen Fruchtwassertest durchführen können. Aber niemand hat uns das gesagt.»

Adrian Suter nickt: «Aber weisst du, Antonis, die Ärzte machen diese Tests gar nicht gern, weil sie sehr riskant sind.»

Antonis: «Hm … Und immer war sie hübsch angezogen, wir haben wunderbare Ferien gehabt und alles drum und dran. Also wirklich, man kann sagen, sie hat zwar ein kurzes Leben gehabt, aber ein schönes. Wie eine Prinzessin. – Und weisst du, das Rössli, das sie sich so gewünscht hat kurz vor der letzten Operation, das haben wir ihr gekauft – sofort – von ihrem Sparkonto. Auch wenn wir gewusst haben, dass die Operation ein Risiko war. Was bringt es mir, zehntausend Franken mehr im Sack zu haben. Lieber habe ich Marion das kurze Glück gegönnt. Ich habe zu meiner Frau gesagt: ‹Du hör mal, das machen wir.›» Antonis lächelt. «Einen Isländer, er ist sogar von dort mit einem Transporter gekommen. Und da hat sie so viel Freude gehabt. Wir haben immer ja gesagt, haben ihr jeden Wunsch erfüllt. Und darum kann ich mit dir auch noch darüber reden heute, ohne mich zu schämen, ohne schlechtes Gewissen.» Er schenkt Retsina nach. «Ich habe das Negative gesagt, und auch das Positive. Wenn mir heute das Gleiche nochmals passieren würde – natürlich hoffe ich das nicht – würde ich von Anfang an vieles anders machen.»

Adrian Suter: «Zum Beispiel was?»

Antonis: «Weisst du, was mich genervt hat? Am Begräbnis gab es Leute, die mir gesagt haben: ‹Es tut mir leid für dich, aber schau, das Leben geht weiter.› Und ich habe geantwortet: ‹Ja, dein Leben geht weiter und auch das Meine, aber in deinem existieren nicht diese Probleme.› Es ist sehr einfach gesagt, aber unglaublich schwierig, mit diesem Verlust zu leben. Das muss man erleben, sonst kann man das nicht begreifen.»

Adrian Suter: «Wer hat denn das gesagt?»

Antonis senkt den Kopf: «Es war mein Vater.»

Adrian Suter: «Hm, ich verstehe. Der Verlust von Marion ist etwas, das dir den Rest des Lebens fehlt, das kannst du durch nichts ersetzen. Höchstens versuchen, mit dem Schmerz zu leben.»

Antonis seufzt. «Das versteht nur, wer es selbst erlebt hat. Vielleicht kannst du mit Leuten am Tisch diskutieren, und sie nehmen Anteil. Aber kaum sind sie aus dem Haus, haben sie alles vergessen. Bei mir bleibt alles, alles drin, für immer und ewig.»

Epilog

Sieben Jahre sind inzwischen vergangen. Dagi besucht noch heute fast jeden Tag das Grab von Marion. Sie zündet die Kerze in den beiden Laternen, die das Grab flankieren, an. Auch zu Hause stehen überall Fotos, die von Engeln eingesäumt sind. «Sie ist noch immer bei mir, jeden Tag», sagt Dagi. Antonis, Chris und Dagi sind durch einen unendlich langen, dunklen Tunnel gegangen. Es gab Zeiten, da wären sie am liebsten nicht mehr da gewesen. Dagis Leben war jahrelang ein Tanz auf dünnem Seil, immer hoch über dem Abgrund. Doch Marions Mama ist eine starke Frau. Heute arbeitet sie als Pflegerin in einem Behindertenwohnheim. «Ich habe meine Aufgabe im Beruf mit Behinderten gefunden. Auch wird das Glück irgendwann wieder auf meiner Seite sein», sagt sie. Antonis und Dagi haben sich vor eineinhalb Jahren getrennt. Solange Marion am Leben war und weit über ihren Tod hinaus, hatte ihr Mädchen die beiden zusammengeschweisst. Doch dann, nach fünfundzwanzig Jahren Ehe, haben sie gemerkt, dass sie zu unterschiedlich sind, um miteinander alt zu werden. Dagi und Antonis sind jedoch sehr gute Freunde geblieben, nicht zuletzt wegen Chris und ihrem gemeinsamen Schicksal, das die drei wohl ewig verbinden wird. «Ich weiss nicht, wie viele Tränen ein Mensch weinen kann. Unendlich viele», meint Dagi – «und mit jeder Träne haben wir ein Stück mehr ins Leben zurückgefunden.»

Irène Dubs, Lehrerin, Heilpädagogische Schule Affoltern a. A.

Affoltern, im Januar 2001

Liebe Dagmar, lieber Antonis und Chris

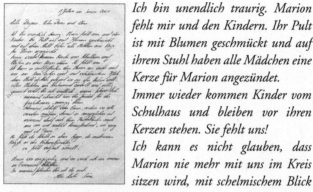

Ich bin unendlich traurig. Marion fehlt mir und den Kindern. Ihr Pult ist mit Blumen geschmückt und auf ihrem Stuhl haben alle Mädchen eine Kerze für Marion angezündet.
Immer wieder kommen Kinder vom Schulhaus und bleiben vor ihren Kerzen stehen. Sie fehlt uns!
Ich kann es nicht glauben, dass Marion nie mehr mit uns im Kreis sitzen wird, mit schelmischem Blick ihren Stuhl dorthin platziert wo sie ihn haben will, allen Mädchen ein Instrument austeilt und völlig genervt wartet, bis ich endlich ... meine Gitarre hole.
 – Niemand schneidet uns das Gemüse für die Spaghettisauce «munzig» klein
 – Niemand «stibizt» vom Essen, sodass wir alle versuchen müssen, damit es ausgeglichen ist
 – Niemand dreht sich beim Pausenläuten nach mir um und meldet herausfordernd «ich gang nöd id Pause!»
Mir fehlt der Schalk in ihren Augen, die mühsamen Knöpfe in den Vorhangbändeln
 Sie fehlt einfach überall!
Marion war einzigartig und so werde ich sie immer in Erinnerung behalten.
In meinen Gedanken bin ich bei Euch

Alles Liebe Irène

Monika Freytag-Geiser, Kindergärtnerin

Birmensdorf, 30. März 2008

Wenn ich an Marion zurückdenke, sehe ich immer ein strahlendes und zufriedenes Gesicht vor mir. Natürlich hatte sie auch ihre «Launen», wie jedes andere Kind auch, aber dies war eher selten. Einmal hat sie ein Kind, mit welchem sie eine Meinungsverschiedenheit hatte, angespuckt. Auf den Tadel von mir, oder wenn sie sonst mit etwas nicht zufrieden war, machte sie einen Schmollmund und konnte mich mit gesenktem Kopf und Augenaufschlag ansehen. Wenn wir Lieder sangen, zeigte sie grosse Freude, und beim Tanz hat sie mitgeklatscht und sich gedreht. Wenn es ihr zuviel wurde, setzte sie sich einfach hin. Dies bestätigte mir auch Marions Kinderarzt, mit welchem ich, vor Marions Aufnahme in den Kindergarten, Kontakt aufnahm. Er sagte mir, dass ich Marion nicht überfordern könne, sie würde von selbst merken, wenn es für ihr Herz genug war. Und so war es auch.

Beim Arbeiten mit Lehm hatte Marion anfangs Mühe, den Lehm-Wasser-Teig in die Hände zu nehmen und zu kneten. Die Heilpädagogin verstand es aber, Marions Freude an der Lehmarbeit zu wecken, sodass sie kurze Zeit später freiwillig in die «Lehmecke» ging. Die Kinder haben Marion sehr geliebt, wollten ihr immer helfen und hatten einen guten Umgang mit ihrem «Anderssein». Oft verstanden sie sie sprachlich sogar besser als ich.

Zum Abschluss des Kindergartenjahres machte ich jeweils einen Grill-Abend für Kinder und Eltern, an welchem auch mein Mann teilnahm. Zur Begrüssung gab er Marion einen Handkuss. Sie hat ihn angesehen, dann ihre Hand, und wieder ihn. Und in späteren Jahren, jedes Mal, wenn sie ihm begegnete, ob in der Badi oder im Coop, strahlte ihr Gesicht, sie sah auf ihre Hand hinunter und streichelte diese. Ich selbst hatte Marion sehr ins Herz geschlossen und denke auch heute noch an dieses Kind, das mit ihrer fröhlichen, unbeschwerten Art den anderen Kindern und auch mir so viel mitgegeben hat.

Erläuterung zur Notoperation

Notoperation vom 4. Januar 2001

Am 4.1.2001 wurde in der Annahme eines zu hohen Lungendrucks und überfluteter Lunge ein 8mm-Shunt von der linken Armarterie zur linken Lungenarterie angelegt. Das heisst, dort wo bereits 1994 ein kleiner Shunt angelegt wurde. Gleichzeitig wurden die beiden vorgängigen Shunts, (5mm u. 10mm) abgeklemmt. Während dieser Operation war der Kreislauf von Marion sehr instabil und sie musste während 6 Minuten herzmassiert werden.

Lungenspiegelung vom 5. Januar 2001

Am 5.1.2001 wurde mit einer Lungenspiegelung versucht, die hinter dem Herz nicht belüftete Lunge zu öffnen. Diese Untersuchung hat den Kreislauf von Marion überfordert und Marion konnte in der Folge nicht mehr erfolgreich wiederbelebt werden.

Prof. Dr. Urs Bauersfeld, Kinderspital Zürich, 11. März 2008

«Wir können leider diese unglücklichen Ereignisse nicht mehr rückgängig machen, aber ich hoffe, dass Ihnen das Verständnis für die verschiedenen Eingriffe etwas geholfen hat. Der Tod von Marion war für uns alle ein trauriges Ereignis, das uns aber auch Grenzen aufgezeigt hat. Ich danke Ihnen auch sehr für das Interesse und Ihre Hilfe für ein Buchprojekt, das Marion auch in der Erinnerung weiterleben lässt.»

Dank

Von ganzem Herzen danke ich unserer Mama für ihre Unterstützung, ohne die «Der geliehene Engel» nie zustande gekommen wäre.

Ganz besonderen Dank spreche ich Herr Prof. Dr. Urs Bauersfeld vom Kinderspital Zürich aus, der uns mit seinem Engagement tatkräftig unterstützt hat.

Liebe Leserinnen und Leser

Mit dem Kauf dieses Buches helfen auch Sie mit, dass ein Teil des Erlöses daraus an die Kinderkardiologie des Kinderspitals Zürich geht. Dafür danken wir ihnen herzlich.

Verena Wermuth, Autorin
Adrian Suter, Verleger